Feira de versos
poesia de cordel

PARA GOSTAR DE LER 36

Feira de versos

poesia de cordel

JOÃO MELQUÍADES F. DA SILVA
LEANDRO GOMES DE BARROS
PATATIVA DO ASSARÉ

Seleção de textos e organização
Cláudio Henrique Salles Andrade e Nilson Joaquim da Silva

Ilustrações
J. Borges

Acervo Básico – FNLIJ

editora ática

Feira de versos: poesia de cordel

Conforme a nova ortografia da língua portuguesa

Diretor editorial	Fernando Paixão
Editor assistente	Fabio Weintraub
Preparação de originais e redação de notas	Agnaldo Holanda
Coordenadora de revisão	Ivany Picasso Batista
Revisora	Alessandra Miranda de Sá

ARTE
Editora	Suzana Laub
Editor assistente	Antonio Paulos
Editoração eletrônica	Studio 3 Desenvolvimento Editorial

CIP-BRASIL. CATALOGAÇÃO NA FONTE
SINDICATO NACIONAL DOS EDITORES DE LIVROS, RJ

S58f

Silva, João Melquíades Ferreira da, 1869-1933
   Feira de versos : poesia de cordel / José Melquíades Ferreira da Silva, Leandro Gomes de Barros, Patativa do Assaré ; seleção e organização de textos Cláudio Henrique Salles Andrade e Nilson Joaquim da Silva ; [ilustrações J. Borges]. - 1.ed. - São Paulo : Ática, 2004.
   136p. : il. - (Para Gostar de Ler ; 36)

Contém suplemento de leitura
Inclui bibliografia
ISBN 978-85-08-09395-3

1. Literatura de cordel brasileira. I. Barros, Leandro Gomes de, 1865-1918. II. Patativa, do Assaré, 1865-1918. III. Andrade, Cláudio Henrique Salles, 1953-. IV. Silva, Nilson Joaquim da, 1929-. V. Título. VI. Série.

10-5990.
CDD: 398.5
CDU: 398.51

ISBN 975 85 08 09395-3 (aluno)
ISBN 975 85 08 09396-9 (professor)
Código da Obra CL 731041
CAE: 223613

2024
1ª edição
28ª impressão
Impressão e acabamento: Gráfica Elyon
Lote: 234264

Todos os direitos reservados pela Editora Ática, 2005
Avenida das Nações Unidas, 7221 – CEP 05425-902 – São Paulo, SP
Atendimento ao cliente: 4003-3061 – atendimento@atica.com.br
www.atica.com.br

IMPORTANTE: Ao comprar um livro, você remunera e reconhece o trabalho do autor e o de muitos outros profissionais envolvidos na produção editorial e na comercialização das obras: editores, revisores, diagramadores, ilustradores, gráficos, divulgadores, distribuidores, livreiros, entre outros. Ajude-nos a combater a cópia ilegal! Ela gera desemprego, prejudica a difusão da cultura e encarece os livros que você compra.

Sumário

Da boca para o ouvido.. 7

Leandro Gomes de Barros
O cavalo que defecava dinheiro 13
Casamento e divórcio da lagartixa 30

João Melquíades Ferreira da Silva
Romance do Pavão misterioso 49

Patativa do Assaré
Filho de gato é gatinho.. 81
Vicença e Sofia ou O castigo de mamãe 83
O bicho mais feroz.. 96
Bertulino e Zé Tingó.. 100
O boi zebu e as formigas 108
A realidade da vida.. 112
Aposentadoria do Mané do Riachão.. 121

Corda, cordel, cordão 127

Referências bibliográficas 136

Da boca para o ouvido

Esta antologia reúne clássicos da nossa literatura de cordel. São histórias que viajam da boca para o ouvido, transfigurando o cotidiano de onde elas brotam. Embora aqui elas apareçam na forma escrita, vale lembrar que a poesia popular sempre foi transmitida pelo contato pessoal, numa situação em que voz, gesto e expressões faciais do declamador infundem vida ao drama, interpelando os ouvintes, pedindo a participação do público.

Cabe a você, então, durante a leitura, imaginar a movimentação, a atmosfera e o tom mais adequados a cada um desses poemas, que tratam de situações as mais variadas. Você vai rir com a criatividade de um pobre diabo que encontra uma maneira de faturar em cima da ambição e da ingenuidade de seu compadre rico; vai acompanhar as peripécias de um rapaz apaixonado, voando numa engenhoca para alcançar a sua amada; assistir à luta das formigas contra o boi; ou testemunhar a conversa dos animais com Deus, negociando o tempo de vida reservado a cada espécie.

A antologia contém dez peças de três autores. Inicia com dois poemas do paraibano Leandro Gomes de Barros, o primeiro poeta a publicar folhetos no Brasil, por volta de 1889, e que produziu mais de mil e quinhentos cordéis, chegando a viver exclusivamente da venda de folhetos.

Em seguida, você encontrará um dos poemas mais conhecidos da história do cordel — "O romance do pavão misterioso"* —, escrito por um conterrâneo e contemporâneo de Leandro Barros: o poeta João Melquíades Ferreira da Silva, falecido em 1933.

Fechando a coletânea com chave de ouro, há sete poemas de Patativa do Assaré. O destaque para esse poeta, falecido em julho de 2002, justifica-se por sua popularidade. Seu nome é quase sinônimo de cordel, tendo alguns de seus poemas sido musicados por compositores da estatura de Luiz Gonzaga e Fagner. Isso sem falar no diálogo que ele estabelece com a literatura erudita — era leitor apaixonado de Camões, exercitando-se nos moldes clássicos sem prejuízo da linguagem simples, acessível ao trabalhador mais humilde.

Este livro é uma coleção de pérolas do cordel nacional. Colocados lado a lado, os autores aqui reunidos formam uma seleção

---

* Esse poema tem uma versão precedente, escrita pelo poeta José Camelo de Melo Resende, na qual João Melquíades se baseou.

de craques no gênero em questão. De Leandro Gomes de Barros a Patativa do Assaré, estamos diante de quase um século de poesia popular, em que o cordel mostra sua atualidade e pertinência.

Mas chega de promessa, vamos ao banquete. Há muito a descobrir e a saborear nas histórias. Sabedoria, divertimento, emoção e beleza é o que você tem a desfrutar nesse encontro com a alma do nosso povo.

Advertência ao leitor:

Nos versos reunidos nesta coletânea, você encontrará várias palavras escritas de um modo diferente daquele a que estamos acostumados. Isso se deve, na maioria dos casos, ao desejo de conservar a marca oral das composições, valorizando o estilo e a pronúncia populares. As notas de rodapé, sempre que possível, assinalam desvios em relação à norma culta (alterações de grafia, pronúncia, concordância...), bem como o significado de palavras ou expressões de uso regional.

Para facilitar a consulta, os versos estão numerados pela esquerda.

Leandro Gomes de Barros

O cavalo que defecava dinheiro

Na cidade de Macaé[1],
antigamente existia
um duque velho invejoso
que nada satisfazia.
5 Desejava possuir
todo objeto[2] que via.

Esse duque era compadre
de um pobre muito atrasado
que morava em sua terra,
10 num rancho todo estragado.
Sustentava seus filhinhos
com a vida de alugado[3].

---

1 Aqui, os recitadores costumam fundir a última sílaba da palavra *cidade* com a preposição *de* que lhe segue, dizendo "Na/ci/da/**de**/Ma/ca/é". Dessa forma, o verso se torna heptassílabo (sete sílabas poéticas), seguindo o padrão métrico da *redondilha maior* adotado nos demais versos do poema.

2 *objeto*: neste caso e em outros que seguirão, como nos versos com o vocábulo "admito", sonoriza-se a consoante muda para manter o padrão métrico: "o-bi-je-to", "a-di-mi-to". O recurso é constantemente utilizado pelos cordelistas.

3 *alugado*: denominação antiga para assalariado.

Se vendo o compadre pobre
naquela vida privada,
15 foi trabalhar nos engenhos
longe de sua morada;
na volta trouxe um cavalo
que não servia pra nada.

Disse o pobre à mulher:
20 — Como havemos de passar?
O cavalo é magro e velho,
não pode mais trabalhar.
Vamos inventar um quengo[4],
pra ver se o querem comprar.

25 Foi na venda, de lá trouxe
três moedas de cruzado,
sem dizer nada a ninguém
só pra não ser censurado.
No fiofó do cavalo
30 foi o dinheiro guardado.

Do fiofó do cavalo
ele fez um mealheiro[5].
Saiu dizendo: — Sou rico!
Inda mais que um fazendeiro,
35 porque possuo um cavalo
que só defeca dinheiro.

Quando o duque velho soube
que ele tinha esse cavalo,
disse pra velha duquesa:
40 — Amanhã vou visitá-lo. →

---
4 *quengo*: cabeça, capacidade intelectual; indivíduo astuto, esperto. Neste caso, um quengo equivale a "uma esperteza".
5 *mealheiro*: cofre.

Se o animal for assim,
faço o jeito de comprá-lo!

Saiu o duque vexado
fazendo que não sabia,
45 saiu percorrendo as terras
como quem não conhecia.
Foi visitar a choupana,
onde o pobre residia.

Chegou salvando[6] o compadre,
50 muito desinteressado:
— Compadre, como é que vai?
Onde tanto tem andado?
Há dias que não o vejo,
parece estar melhorado...

55 — É muito certo, compadre.
Ainda não melhorei
porque andava por fora,
faz três dias que cheguei.
Mas breve farei fortuna
60 com um cavalo que comprei

— Se for assim, meu compadre,
você está muito bem!
É bom guardar o segredo,
não conte nada a ninguém.
65 Me conte qual a vantagem
que este seu cavalo tem?

Disse o pobre: — Ele está magro,
só tem o osso e o couro,
porém tratando-se dele →

---

6 *salvando*: no sentido de dar salvas, cumprimentar.

70 meu cavalo é um tesouro.
Basta dizer que defeca
níquel, prata, cobre e ouro!

Aí chamou o compadre
e saiu muito vexado,
75 para o lugar onde tinha
o cavalo defecado.
O duque ainda encontrou
três moedas de cruzado.

Então exclamou o velho:
80 — Só pude achar essas três!
Disse o pobre: — Ontem à tarde
ele botou dezesseis!
Ele já tem defecado
dez mil-réis mais de uma vez.

85 — Enquanto ele está magro
me serve de mealheiro.
Eu tenho tratado dele
com bagaço do terreiro,
porém depois dele gordo
90 não há quem vença o dinheiro...

Disse o velho: — Meu compadre,
você não pode tratá-lo.
Se for trabalhar com ele,
vai com certeza matá-lo.
95 O melhor que você faz
é vender-me este cavalo!

— Meu compadre, este cavalo
eu posso negociar,
só se for por uma soma
100 que dê para eu passar →

com toda minha família
e não precise trabalhar.[7]

O velho disse ao compadre:
— Assim não é que se faz.
105 Nossa amizade é antiga,
desde os tempos de seus pais.
dou-lhe seis contos de réis.
Acha pouco, inda[8] quer mais?

— Compadre, o cavalo é seu!
110 Eu nada mais lhe direi.
Ele, por este dinheiro
que agora me sujeitei,
para mim não foi vendido,
faça de conta que dei!

115 O velho pela ambição
que era descomunal,
deu-lhe seis contos de réis
tudo em moeda legal.
Depois pegou no cabresto
120 e foi puxando o animal.

Quando ele chegou em casa,
foi gritando no terreiro:
— Eu sou o homem mais rico
que habita o mundo inteiro!
125 Porque possuo um cavalo
que só defeca dinheiro!

---

7 O "e" com que o verso se inicia funde-se à última vogal do verso anterior, mantendo o padrão heptassílabo: com/to/da/mi/nha/fa/mi/**liae**/não [...].
8 *inda*: forma antiga, o mesmo que ainda.

Pegou o dito cavalo,
botou na estrebaria,
milho, farelo e alface
130 era o que ele comia.
O velho duque ia lá
dez, doze vezes por dia...

Logo no primeiro dia
o velho desconfiou,
135 porque na presença dele
o cavalo defecou.
Ele procurou dinheiro,
nem um tostão encontrou.

Aí o velho zangou-se,
140 começou logo a falar:
— Como é que meu compadre
se atreve a me enganar?
Eu quero ver amanhã
o que ele vai me contar.

145 Porém o compadre pobre
(bicho do quengo lixado)
fez depressa outro plano
inda mais bem arranjado,
esperando o velho duque
150 quando viesse zangado...

O pobre foi na farmácia,
comprou uma borrachinha,
depois mandou encher ela
com sangue de uma galinha.
155 E sempre olhando a estrada
para ver se o velho vinha.

Disse o pobre à mulher:
— Faça o trabalho direito. →

Pegue esta borrachinha,
160 amarre em cima do peito,
para o velho não saber,
como o trabalho foi feito!

Quando o velho aparecer,
na volta daquela estrada,
165 você começa a falar,
eu grito: — Oh, mulher danada!
Quando ele estiver bem perto,
eu lhe dou uma facada.

Porém eu dou-lhe a facada
170 em cima da borrachinha
e você fica lavada
com o sangue da galinha.
Eu grito: — Arre danada!
Nunca mais comes farinha!

175 Quando ele vir você morta,
parte para me prender,
então eu digo pra ele:
— Dou jeito dela viver.
O remédio tenho aqui,
180 faço para o senhor ver!

— Eu vou buscar a rabeca,[9]
começo logo a tocar.
Você então se remexa
como quem vai melhorar.
185 Com pouco, diz: — Estou boa,
já posso me levantar.

---

9 *rabeca*: violino rudimentar, com quatro cordas de tripa.

Quando findou-se a conversa
nessa mesma ocasião,
o velho ia chegando,
190 aí travou-se a questão.
O pobre passou-lhe a faca,
botou a mulher no chão.

O velho gritou a ele,
quando viu a mulher morta:
195 — Esteja preso, bandido!
E tomou conta da porta.
Disse o pobre: — Vou curá-la!
Pra que o compadre se importa?

— O senhor é um bandido
200 infame de caradura.
Todo mundo apreciava
esta infeliz criatura.
Depois dela assassinada,
o senhor diz que tem cura?

205 — Compadre, não admito[10]
que o senhor diga mais nada.
Não é crime se matar,
sendo a mulher malcriada.
E apenas com dez minutos,
210 eu dou a mulher curada!

Correu, foi ver a rabeca,
começou logo a tocar.
De repente o velho viu
a mulher se endireitar.
215 E depois disse: — Estou boa,
já posso me levantar...

---

10 *admito*: pronuncia-se "a-*di*-mi-to". Ver nota 2.

O velho ficou suspenso[11]
de ver a mulher curada,
porém como estava vendo
220 ela muito ensanguentada,
correu[12] ela, mas não viu,
nem o sinal da facada.

O pobre entusiasmado
disse-lhe: — Já conheceu?[13]
225 Quando esta rabeca estava
na mão de quem me vendeu,
tinha feito muitas curas
de gente que já morreu!

No lugar onde eu estiver
230 não deixo ninguém morrer.
Como eu a consegui
muita gente quer saber.
Mas ela me está tão cara
que não me convém dizer.

235 O velho que tinha vindo
somente propor questão,
porque o cavalo velho
nunca botou um tostão,
quando viu a tal rabeca
240 quase morre de ambição.

— Compadre, você desculpe
de eu o ter tratado assim,
porque agora estou certo
eu mesmo fui o ruim. →

---

11 *suspenso*: perplexo, paralisado.
12 *correu*: no sentido de inspecionou, examinou.
13 *Já conheceu?* Entenda-se: *Viu só?*

245 Porém a sua rabeca
    só serve bem para mim.

    Mas como eu sou um homem
    de muito grande poder,
    o senhor é um homem pobre
250 ninguém quer o conhecer,
    perca o amor da rabeca...
    Responda se quer vender.

    Porque a minha mulher
    também é muito estouvada.
255 Se eu comprar esta rabeca
    dela não suporto nada.
    Se quiser teimar comigo,
    eu dou-lhe uma facada.

    Ela se vê quase morta,
260 já reconhece o castigo,
    mas eu com esta rabeca
    salvo ela do perigo.
    Ela daí por diante,
    não quer mais teimar comigo!

265 Disse-lhe o compadre pobre:
    — O senhor faz muito bem.
    Quer me comprar a rabeca,
    não venderei a ninguém.
    Custa seis contos de réis,
270 por menos nem um vintém.

    O velho muito contente
    torna então a repetir:
    — A rabeca já é minha,
    eu preciso a possuir.
275 Ela para mim foi dada,
    você não soube pedir.

Pagou a rabeca e disse:
— Vou já mostrar à mulher!
A velha zangou-se e disse:
280 — Vá mostrar a quem quiser!
Eu não quero ser culpada
do prejuízo que houver.

— O senhor é mesmo um velho[14]
avarento e interesseiro.
285 Que já fez do seu cavalo
que defecava dinheiro?
Meu velho, dê-se ao respeito,
não seja tão embusteiro.

O velho, que confiava
290 na rabeca que comprou,
disse a ela: — Cale a boca!
O mundo agora virou.
Dou-lhe quatro punhaladas,
já você sabe quem sou.

295 Ele findou as palavras,
a velha ficou teimando.
Disse ele: — Velha dos diabos,
você ainda está falando?
Deu-lhe quatro punhaladas,
300 ela caiu arquejando...

O velho muito ligeiro
foi buscar a rabequinha,
Ele tocava e dizia: →

---

14 A mudança de estrofe corresponde aqui a um corte espaço-temporal. Na estrofe anterior, quem falava era a mulher do pobre. Aqui quem fala é a mulher do velho rico que comprou a rabeca supostamente mágica.

— Acorde, minha velhinha!
305 Porém a pobre da velha
nunca mais comeu farinha.

O duque estava pensando
que sua mulher tornava.
Ela acabou de morrer,
310 porém ele duvidava.
Depois então conheceu[15]
que a rabeca não prestava.

Quando ele ficou certo
que a velha tinha morrido,
315 botou os joelhos no chão
e deu tão grande gemido,
que o povo daquela casa
ficou todo comovido.

Ele dizia chorando:
320 — Esse crime hei de vingá-lo.
Seis contos desta rabeca
com outros seis do cavalo,
eu lá não mando ninguém,
porque pretendo matá-lo.

325 Mandou chamar dois capangas:
— Façam-me um surrão[16] bem-feito.
Façam isto com cuidado,
quero ele um pouco estreito,
com uma argola bem forte,
330 pra levar este sujeito!

---

15 *conheceu*: tomou conhecimento, soube.
16 *surrão*: saco feito de couro, usado noutros tempos para armazenar grãos.

Quando acabar de fazer,
mande[17] este bandido entrar
para dentro do surrão,
e acabem de costurar.
335 Levem-no para o rochedo,
pra sacudi-lo no mar.

Os homens eram dispostos,
findaram no mesmo dia.
O pobre entrou no surrão,
340 pois era o jeito que havia.
Botaram o surrão nas costas
saíram numa folia.

Adiante disse um capanga:
— Está muito alto o rojão[18],
345 eu estou muito cansado.
Botemos isto no chão!
Vamos tomar uma pinga,
deixe ficar o surrão.

— Tá, muito bem, companheiro,
350 vamos tomar a bicada!
(Assim falou o capanga
dizendo pro camarada.)
Seguiram ambos pra venda,
que ficava além da estrada...

355 Quando os capangas seguiram,
ele cá ficou dizendo:
— Não caso porque não quero, →

---

17 A concordância correta do verbo seria "mandem", o que no entanto alteraria o padrão métrico, dificultando a fusão vocálica (man/dees/te). Por tal razão, o verbo fica no singular, voltando ao plural nos versos 334 e 335 ("acabem", "levem").
18 *muito alto o rojão*: cansativo demais.

me acho aqui padecendo...
A moça é milionária,
360 o resto eu bem compreendo!

Foi passando um boiadeiro,
quando ele dizia assim.
O boiadeiro pediu-lhe:
— Arranje isto pra mim.
365 Não importa que a moça
seja boa ou ruim!

O boiadeiro lhe disse:
— Eu dou-lhe de mão beijada,
todos os meus possuídos[19]
370 vão aqui nessa boiada...
Fica o senhor como dono,
pode seguir a jornada!

Ele, condenado à morte,
não fez questão, aceitou.
375 Descoseu o tal surrão,
o boiadeiro entrou.
O pobre, morto de medo,
num minuto costurou.

O pobre, quando se viu
380 livre daquela enrascada,
montou-se num bom cavalo
tomou conta da boiada.
Saiu por ali dizendo:
— A mim não falta mais nada.

385 Os capangas nada viram
porque fizeram ligeiro. →

---

19 *possuídos*: mesmo que *bens*.

Pegaram o dito surrão
com o pobre do boiadeiro,
voaram[20] de serra abaixo,
390 não ficou um osso inteiro.

Fazia dois ou três meses
que o pobre negociava.
A boiada que lhe deram
cada vez mais aumentava.
395 Foi ele um dia passar
onde o compadre morava...

Quando o compadre viu ele,
de susto empalideceu:
— Compadre, por onde andava,
400 que agora me apareceu?!
Segundo o que me parece,
está mais rico do que eu...

— Aqueles seus dois capangas
voaram-me num lugar.
405 Eu caí de serra abaixo,
até na beira do mar.
Aí vi tanto dinheiro,
quanto pudesse apanhar!...

— Quando me faltar dinheiro,
410 eu prontamente vou ver.
O que eu trouxe não é pouco,
vai dando para eu viver
junto com a minha família,
passar bem até morrer.

---

20 *voaram*: no sentido de "arremessaram".

415 — Compadre, a sua riqueza
diga que foi eu quem dei!
Pra você recompensar-me
tudo quanto lhe arranjei,
é preciso que me bote
420 no lugar que lhe botei!...

Disse-lhe o pobre: — Pois não,
pronto estou pra lhe mostrar!
Eu, junto com os capangas,
nós mesmos vamos levar.
425 E o surrão de serra abaixo
sou eu quem quero empurrar!...

O velho no mesmo dia
mandou fazer um surrão.
Depressa meteu-se nele,
430 cegado pela ambição.
E disse: — Compadre eu estou
à tua disposição!

O pobre foi procurar
dois cabras de confiança.
435 Se fingindo satisfeito,
fazendo a coisa bem mansa.
Só assim ele podia
tomar a sua vingança.

Saíram com este velho
440 na carreira, sem parar.
Subiram de serra acima
até o último lugar.
Daí voaram o surrão,
deixaram o velho embolar...

445 O velho ia pensando
de encontrar muito dinheiro, →

porém sucedeu com ele
do jeito do boiadeiro,
que quando chegou embaixo
450 não tinha um só osso inteiro.

Este livrinho[21] nos mostra
que a ambição nada convém.
Todo homem ambicioso
nunca pode viver bem.
455 Arriscando o que possui
em cima do que já tem.

Cada um faça por si,
eu também farei por mim!
É este um dos motivos
460 que[22] o mundo está ruim,
porque estamos cercados
dos homens que pensam assim.

---

21 *livrinho*: originalmente, o poema constituiu um livrinho de cordel, assim chamado pelo formato pequeno do impresso.
22 Entenda-se: **por** que o mundo está ruim.

Casamento e divórcio da lagartixa

Não há quem viva no mundo
que não deseje gozar.
Desde o velho à criancinha
quer[1] a vida desfrutar
5   e tudo aspira o amor,
porque viver diz: — Amar.

Disse a Lagartixa um dia:
— Eu só ficarei solteira
se não achar nesta terra
10   um diabo que me queira.
Procurarei desde as casas
até o largo da feira.

Mamãe com quarenta anos
tava ficando "titia",
15   mas tomou uma cachaça
da mais forte que havia,
foi à feira, achou papai,
voltou rica neste dia.

---

1 A norma culta aqui obrigaria a concordância do verbo no plural (*querem*). Por razões métricas, no entanto, o verbo permanece no singular.

— É o que eu faço também...
20 Tomo um dia uma cachaça,
vou para a porta da rua,
ali nem mosquito passa.
E só volto com um marido
ou emprestado ou de graça.

25 Mamãe dizia uma coisa
que eu achava muito exato[2]:
"Quando faltar o cachorro,
se pode caçar com gato.
E não tendo um desses dois,
30 então bota a mãe no mato".

Uma tia disse a ela:
— Minha filha não se veixe[3]!
Respondeu a Lagartixa:
— O que vier na rede é peixe.
35 Eu vou procurar marido,
se achar muito trago um feixe.

Lagartixa então saiu
vendendo azeite às canadas[4].
Encontrou com o Calango,
40 uma alma dispersada,
que andava com a moléstia[5]
procurando namorada.

---

2 Pela norma culta, a concordância deveria se dar no feminino, ou seja, *exata*, em vez de *exato*. O gênero masculino foi mantido provavelmente em favor da rima com mato.

3 *veixe*: a forma correta é vexe, do verbo vexar (apressar-se). A alteração pode ter sido introduzida para rimar com peixe e feixe.

4 *vendendo azeite às canadas*: expressão em desuso para significar "decepcionado, em situação difícil".

5 *com a moléstia*: regionalismo, do Nordeste do Brasil, equivalente a "preocupado, afoito".

O Calango suspirava
pela vida de casado.
45 A Lagartixa também
tinha se desenganado[6],
que não acharia nunca
quem fosse seu namorado.

Quando o Calango viu ela[7],
50 ficou todo animado.
Disse consigo: já sei,
hoje volto transformado...
Também disse a Lagartixa:
já encontrei namorado...

55 Cumprimentaram-se ambos
com grande contentamento,
o Calango com requebros,
ela com derretimento.
Com cerimônia[8] um do outro,
60 não trataram casamento.

Ela perguntou-lhe apenas
como é que ele se chamava.
Ele perguntou a ela
onde o pai dela morava,
65 se a mãe não tinha ciúme
quando ela passeava.

Respondeu a Lagartixa:
— O papai faz cara feia.
Tem dias que ele se zanga,
70 jura de meter-me a peia,[9] →

---

6 *desenganado*: perdido as ilusões, a esperança.

7 *viu ela*: registro da oralidade, típico no cordel. A norma culta recomenda a forma "a viu".

8 *cerimônia*: aqui como vergonha, timidez.

9 *jurar de*: regência já em desuso, mas que assim empregada denota ameaça; *peia*: instrumento para prender os pés dos animais.

mas saio na lua nova
e volto na lua cheia...

Era um namoro rombudo[10]...
Ela chamava neguinho,
75 Calango flocava[11] a cauda,
pedia a ela um beijinho...
A Lagartixa dizia:
— Espere aí, meu anjinho!

O velho às vezes dizia:
80 — Eu quero sinceridade.
A mãe dela então dizia:
— Meu velho, isto é bestidade[12],
rapaz brincar com uma moça
são coisas da mocidade.

85 Você já está esquecido
do tempo do nosso amor?
Eu era como uma abelha,
você, como um beija-flor!
Eu desfrutava em seus braços
90 o mais suave calor!

A mãe afrouxava ela,[13]
sendo[14] uma moça solteira.
Calango dava-lhe o braço,
iam passear na feira.
95 Se a fome não os apertasse,
passavam a[15] semana inteira.

---
10 *rombudo*: "com muita intimidade".
11 *flocar*: eriçar; alguns animais possuem nas caudas pelos denominados "flocos".
12 *bestidade*: besteira, tolice.
13 *afrouxava ela*: no sentido de "dava-lhe folga".
14 *sendo*: forma de gerúndio introduzindo oração concessiva; equivale a *embora fosse*.
15 *passavam a*: pronuncia-se como apenas três sílabas poéticas. Em poesia, a elisão do *m* no fim de uma palavra, antes de vogal, chama-se *ectlipse*.

O pai de nada sabia,
porque vivia por fora.
Calango meteu-se dentro
100 como quem diz: — É agora!
O velho de longe assim
não vê se a filha namora.

Ora, o pai da Lagartixa
era um pobre analfabeto,
105 entendia que Calango
fosse um mulato correto.
Quando veio abrir os olhos,
foi tarde, já tinha neto.

E foi o velho lagarto
110 se queixar à autoridade,
dizendo que o Calango
fez-lhe aquela falsidade:
desonrou a sua filha
sendo de menor idade.

115 Nesse tempo o Cururu
era subdelegado[16].
O velho foi lá chorando
porque andava injuriado.
O Cururu disse: — Volte,
120 que você será vingado...

O Calango conhecendo
do jeito que a coisa ia
e sabendo que a justiça
com certeza o prenderia,
125 disse: — Uma retirada
é sinal de valentia.

---

16 *subdelegado*: sonoriza-se o *b* mudo (su-*bi*-de-le-ga-do).

Aí saiu o Calango
pelo mundo foragido.
A Lagartixa também
130 se pôs ao fresco escondido[17],
tanto que quando voltou
já foi com outro marido.

Pensou consigo o Calango:
"Não devia ser ingrato,
135 e não voltando dali
seria como de fato,
e mesmo era cobarde[18]
se não saísse do mato".

A Lagartixa o amava
140 com tanta sinceridade,
pois desde a primeira vista
que lhe tomou amizade.
E assim era Calango
baixar a dignidade.[19]

145 Quando o Calango voltou
achou um "rolo" tremendo.
A Lagartixa lhe disse:
— Fiz uma que me arrependo.
Já dei com os burros n'água,
150 mas deixe estar que me emendo.

A Lagartixa por isso
levou três surras de peia;
Calango também passou
oito dias na cadeia, →

---

17 *escondido*: adjetivo em função adverbial.
18 *cobarde*: o mesmo que "covarde".
19 *dignidade*: pronuncie-se "di-*gui*-ni-da-de".

155 para deixar o costume
de namorar filha alheia.

Casou-se sempre[20] o Calango,
embora fosse obrigado.
Botou um grande negócio,
160 tratou de ser homem honrado[21].
A Lagartixa em três dias
vendeu dali tudo fiado[22].

O Calango comprou tudo
fiado ao Camaleão,
165 entregou à Lagartixa,
foi tratar de uma eleição.
Quando voltou não achou
nem onde tinha a armação.

Até o próprio balcão
170 ela o tinha empenhado,
deu para embrulhar sabão
o livro do apurado[23];
os utensílios da venda
tudo já tinha voado.

175 O Calango com aquilo
entristeceu de repente,
exclamou: — Mulher danada,
você me deixou doente. →

---

20 *sempre*: afinal e apesar de tudo.

21 De novo aqui ocorre o fenômeno da *ectlipse*: o *m* final de "homem" é elidido, o que possibilita a fusão vocálica do "e" com o "o" de "honrado" (ho/m**eo**n/ra/do), mantendo-se portanto o verso no padrão da *redondilha maior*.

22 Por uma questão de regularidade métrica, a palavra "fiado" sofre aqui ditongação, devendo ser pronunciada como se tivesse duas sílabas (*fia*-do).

23 *o livro do apurado*: o registro do que havia sido vendido; livro da contabilidade.

Me diga agora que conta
180 presto eu ao seu parente?

A Lagartixa lhe disse:
— Não precisa se vexar,
seu primo Camaleão
por isso não vai lhe dar[24].
185 Dê-lhe uma satisfação,
diga que vai arranjar...

O Calango respondeu:
— Eu não passo por velhaco...
Respondeu-lhe a Lagartixa:
190 — Você ainda dá cavaco[25]?
Os calotes do comércio
hoje se chamam "buraco".

Então o Calango disse:
— Veja se bota o almoço...
195 Respondeu-lhe a Lagartixa:
— Tenha paciência, moço,
à falta de dois vinténs
eu ontem comi ensosso[26].

E se você voltou liso,
200 dana-se agora o negócio,
pode arrumar logo a trouxa
e vamos abrir divórcio.
Caixeiro sem capital
só nos lucros terá sócio.

205 Marido sem nem um X
não quero, que não me acode, →

---

24 *dar*: empregado aqui como *bater, agredir.*
25 *dar cavaco*: preocupar-se, aborrecer-se por certo motivo.
26 *ensosso*: mesmo que *insosso*, sem sal.

não tem que ficar zangado
nem que puxar o bigode,
mulher hoje em dia é luxo
210 e luxo só tem quem pode.

Mamãe dizia ao papai:
"Se estiver aborrecido,
me avise logo com tempo,
pode ficar prevenido,
215 da forma que eu mudo a saia
mudo também o marido".

E note bem que já fez
mais de mês que estou casada
e não aguento mais
220 esta vida assim privada.
Trabalhar para comer?
Vote[27], seu Zé, vai lá nada...

O Calango disse a ela:
— Mulher, não fale em divórcio!
225 Respondeu-lhe a Lagartixa:
— Você parece um beócio[28]...
Escolha, de duas uma:
ou deixá-lo ou dar-lhe um sócio.

Agora estou conhecendo
230 que a vida é uma pilhéria,
antes viúva contente
do que conservar-se séria.
Quem adotar meu sistema
nunca se vê na miséria.

---

27 *vote*: interjeição que expressa desprezo, repugnância, repulsa.
28 *beócio*: tolo, ignorante.

235 Com quatro coisas no mundo
 eu tenho me encabulado:
 com candeeiro vazando,
 com fogão desmantelado,
 com almofada sem bilros[29]
240 e homem desempregado.

 Disse o Calango: — É bonito
 você se divorciar,
 abandonar seu marido
 e o povo a censurar,
245 seu nome ficar na rua
 gato e cachorro a falar.

 Disse então a Lagartixa:
 — Deixe queimarem meu nome.
 Eu não quero é que se diga:
250 "esta danada não come",
 ou que se afirme: "é honrada
 mas tá morrendo de fome".

 O Calango ali ficava
 que nem podia falar,
255 quando ouvia ela dizer
 "eu vou me divorciar",
 puxava tanto as barbas
 que só faltava arrancar.

 Dizia ela: — Rapaz,
260 não se vexe, isto é asneira.
 Existem duas farturas:
 é de mulher e poeira, →

---

29 *bilro*: instrumento similar a um fuso, em madeira ou metal, usado para fazer rendas em almofada própria. No Nordeste brasileiro, geralmente é feito com um coquinho de macaúba preso a uma haste de madeira onde se enrola o fio.

debaixo de qualquer ponte
você acha quantas queira.

265 Mulher feia e homem ruim
isto todo dia aumenta,
a fartura já é tanta
que o mundo não se aguenta.
Eu fui ver se achava um,
270 encontrei mais de quarenta.

Disse o Calango: — Meu pai
tão bem casado viveu!
A Lagartixa lhe disse:
— Então era como o meu...
275 Mamãe tinha dez maridos,
nove foi papai quem deu.

O namoro suja o nome,
eu conheço que é exato.
Mas eu não tenho dinheiro,
280 namoro cachorro e gato,
do ar só deixo urubu
e da terra, carrapato.

Por favor ouça mais essa,
se não for verdade, diga,
285 capricho familiar
resulta sempre a intriga,
honestidade não veste,
honra não enche barriga.

O Calango disse a ela:
290 — Minha mãe viveu honrada,
se acabou nua e com fome,
porém nunca foi manchada...
Respondeu a Lagartixa:
— Também morreu desgraçada.

295 Minha avó morreu velhinha,
porém no lugar que ia
quinze, vinte namorados
todas as vezes trazia,
fora muitos que ficavam
300 que meu avô não sabia.

E aquela minha prima
você sabe ela quem é,
casou com Tijuaçu[30],
tem filhos de Jacaré.
305 Mas nem por isso o marido
ainda perdeu-lhe[31] a fé.

Disse o Calango: — Você
só pensa no que é ruim...
Respondeu-lhe a Lagartixa:
310 — Meu avô dizia assim:
"O mel por ser bom demais
as abelhas dão-lhe fim".

Disse o Calango: — Já sei,
você não quer mais ser minha.
315 A Lagartixa lhe disse:
— Quando nasci foi sozinha.
Pegar três e soltar um,
disso já estou cansadinha.

O Calango perguntou-lhe:
320 — Tens algum no pensamento?
Respondeu-lhe a Lagartixa:
— Antes do meu casamento →

---

30 *tijuaçu*: nome de origem indígena para uma espécie de pássaro.
31 *perdeu-lhe*: o *lhe* aqui equivale a *nela*.

eu já andava aos abraços
com seu primo Papa-vento[32].

325 Calango então ficou
de tudo desesperado,
exclamou em alta voz:
— Papa-vento desgraçado!
Não respeitou a mulher
330 com quem eu era casado.

Entrou logo numa loja
comprou um grande cutelo,
ferro que não envergasse
nem se quebrasse a martelo.
335 Mandou chamar Papa-vento
para bater-se em duelo.

Limpou as armas bem limpas
e amolou o facão,
escovou o bacamarte,
340 apertou o cinturão,
muniu bem a cartucheira
e seguiu na direção.

Levou como testemunha
o Besouro-mangangá[33],
345 e avisou o Papa-vento
que se preparasse lá...
Disse o Papa-vento: — Diga-lhe
que pode vir, estou cá.

Chegou então o Calango
350 e falou ao Papa-vento:
— Um de nós descerá hoje →

---
32 *papa-vento*: camaleão.
33 *besouro-mangangá*: também conhecido como mamangá, mamangaba ou abelhão. Designação comum às abelhas do gênero *Bombus*.

ao chão do esquecimento,
eu já dei terminações[34]
até do meu testamento.

355 Então disse o Papa-vento:
— A vida é quase uma peta[35].
O risco que corre a broca
corre também a marreta;
eu não sou como sagui,
360 para morrer com careta.

Então disse a Lagartixa:
— Quero ver quem cai primeiro.
O que ganhar já se sabe
que foi o melhor guerreiro.
365 Eu corro os bolsos do morto
para ver se tem dinheiro.

Calango atirou primeiro,
Papa-vento se livrou,
naquele mesmo momento
370 nele também atirou;
Calango era muito destro
do tiro se desviou.

Trocaram mais quatro tiros,
porém nenhum atingiu.
375 O Papa-vento puxou
pela espada e partiu,
logo no primeiro encontro
a Lagartixa sorriu.

Disse: — Bravo, Papa-vento!
380 Gostei de ver teu sistema, →

---

34 *terminações*: equivalente a determinações, resoluções.
35 *peta*: mentira, fraude.

bater logo a ferro frio
inda que chore ou gema.
Naquele momento vieram
o Gato e a Seriema.

385 O Papa-vento correu
e subiu por um cipó;
a Lagartixa, coitada,
essa ficou que fez dó.
A Seriema comeu-a
390 para não deixá-la só.

O Papa-vento saiu
que parecia um corisco,
subiu num cipó e disse:
— Eu aqui não corro risco.
395 O Gato foi ao Calango
e fez dele um bom petisco.

A Seriema pegou
a Lagartixa no meio,
saboreou-a no bico
400 e ficou com o papo cheio.
Isso resulta à pessoa
que sorri do mal alheio.

Papa-vento olhou de cima.
Disse: — Couro velho espinha,
405 eu ia me desgraçando
no namoro dessa bicha,
o diabo é quem quer mais
namoro de Lagartixa.

O Calango se acabou,
410 eu quase que tenho fim, →

Lagartixa tão caipora[36]
nunca tinha visto assim.
Mil diabos a carreguem
para bem longe de mim.

415 D'agora em diante sei
quanto custa namorada,
logo a primeira que tive
foi assim estuporada.
A segunda, com certeza,
420 inda será mais danada.

---

36 *caipora*: que traz azar.

O paraibano Leandro Gomes de Barros nasceu em Pombal, na Paraíba, em 19 de dezembro de 1865. Começou a escrever folhetos em 1889 e não parou mais, tendo publicado mais de mil histórias. É autor, entre outros títulos, de *História da Donzela Teodora*, *O homem que come vidro* e *O roto na porta do nu*. Faleceu no Recife, em 4 de março de 1918.

João Melquíades
Ferreira da Silva

Romance do
Pavão Misterioso*

Eu vou contar uma história
de um Pavão Misterioso
que levantou voo da Grécia
com um rapaz corajoso,
5 raptando[1] uma condessa
filha dum conde orgulhoso.

Residia na Turquia
um viúvo[2] capitalista
pai de dois filhos solteiros,
10 o mais velho João[3] Batista;
então o filho mais novo
se chamava Evangelista.

O velho turco era dono
duma indústria de tecidos, →

---

* Na tradição nordestina, o termo *romance* é utilizado para designar toda composição poética narrativa popular, em particular a de tema amoroso; são poemas em versos curtos e simples, baseados em assunto capaz de comover, próprios para serem cantados.

1 *raptando*: leia-se ra-*pi*-tan-do.

2 Por uma questão de regularidade métrica, a palavra "viúvo" sofre aqui ditongação, devendo ser pronunciada como se tivesse apenas duas sílabas (*viu*-vo).

3 "João" lê-se como monossílabo, a fim de manter o padrão métrico heptassílabo.

15 com largas propriedades
dinheiro e bons possuídos[4].
Deu de herança a seus filhos
porque eram bem unidos.

Depois que o velho morreu,
20 fizeram combinação,
porque aí João Batista
concordou com seu irmão,
e foram negociar
na mais perfeita união.

25 Um dia João Batista
pensou pela vaidade
e disse a Evangelista:
— Meu mano, tenho vontade
de visitar o estrangeiro,
30 se não te deixar saudade.

Olhe que nossa riqueza
se acha muito aumentada
e dessa nossa fortuna
ainda não gozei nada,
35 portanto convém qu'eu passe
um ano em terra afastada.

Respondeu Evangelista:
— Vai que aqui ficarei
regendo o nosso negócio
40 como sempre trabalhei.
Garanto que nossos bens
com cuidado zelarei.

Quero fazer-te um pedido:
procura no estrangeiro →

---

4 *possuídos*: mesmo que *bens*.

45 um objeto bonito
    só para rapaz solteiro,
    traz para mim de presente
    embora custe dinheiro.

    João Batista prometeu,
50 com muito boa atenção,
    de[5] comprar um objeto
    de gosto do seu irmão.
    Então tomou um paquete[6]
    e seguiu para o Japão.

55 João Batista no Japão
    teve seis meses somente,
    gozando naquele império
    percorreu o Oriente.
    Depois seguiu para Grécia
60 outro país diferente.

    João Batista entrou na Grécia,
    divertiu-se a passear.
    Comprou passagem de bordo;
    quando ia embarcar,
65 ouviu um grego dizer:
    — Acho bom se demorar.

    João Batista interrogou:
    — Amigo, fale a verdade,
    por qual motivo o senhor
70 manda eu ficar na cidade?
    Disse o grego: — Vai haver
    uma grande novidade.

---

5 *prometer de*: regência antiga, mas que às vezes é usada com função enfática.
6 *paquete*: navio mercante a vapor.

Mora aqui nesta cidade
um conde muito valente,
75 mais soberbo do que Nero,
pai de uma filha somente.
É a moça mais bonita,
que há no tempo presente.

E a moça que eu falo,
80 filha do tal potentado[7],
o pai tem ela escondida
em um quarto do sobrado.
Chama-se Creusa e criou-se
sem nunca ter passeado.

85 De ano em ano esta moça
bota a cabeça de fora,
para o povo adorá-la
no espaço duma hora.
Para ser vista outra vez,
90 tem um ano de demora.

O conde não consentiu
outro homem educá-la
só ele como pai dela
teve poder de ensiná-la
95 será morto o criado
que dela ouvir a fala.

Os estrangeiros têm vindo
tomarem conhecimento
amanhã ela aparece
100 ao grande ajuntamento
é proibido pedir-se
a mão dela em casamento.

---

7 *potentado*: indivíduo poderoso, rico.

Então disse João Batista:
— Agora vou demorar
105 para ver esta princesa
estrela deste lugar.
Quando eu chegar na Turquia[8]
tenho muito o que contar.

Logo no segundo dia,
110 Creusa saiu na janela.
Os fotógrafos[9] se vexando,
tirando o retrato dela,
quando inteirou uma hora,
desapareceu a donzela.

115 João Batista viu depois
um retratista vendendo
alguns retratos de Creusa,
vexou-se e foi lhe dizendo:
— Quanto quer pelo retrato?
120 Porque comprá-lo pretendo.

O fotógrafo[10] respondeu:
— Lhe custa um conto de réis.
João Batista ainda disse:
— Eu comprava até por dez!
125 Se o dinheiro fosse pouco,
empenharia os anéis.

João Batista voltou
da Grécia para a Turquia
e quando chegou em Meca,
130 cidade em que residia →

---

8 A norma culta recomenda regência diversa: *chegar a*.
9 Aqui provavelmente lê-se com supressão da última sílaba de "fotógrafos" (processo também conhecido pelo nome de *apócope*).
10 Ver nota anterior.

seu mano Evangelista,
banqueteou o seu dia.

Então disse Evangelista:
— Meu mano, vá me contando
135 se viste[11] coisa bonita
onde andaste passeando?
O que me traz de presente
vá logo me entregando.

Respondeu João Batista:
140 — Para ti trouxe um retrato
duma condessa da Grécia,
moça que tem fino trato;
custou-me um conto de réis,
inda achei muito barato.

145 Respondeu Evangelista,
depois duma gargalhada:
— Neste caso, meu irmão,
pra mim não trouxeste nada,
pois retrato de mulher
150 é cousa bastante usada.

Sei que tem muito retrato,
mas como o que trouxe, não!
Vais agora examiná-lo,
entrego em tua mão,
155 quando vires a beleza
mudarás de opinião.

João Batista retirou
o retrato de uma mala →

---

11 A norma culta aqui exigiria uniformidade no emprego da 2ª pessoa do plural: *vai me contando/se viste*.

e entregou-a ao rapaz,
160 que estava de pé na sala.
Mas quando viu o retrato,
quis falar, tremeu a fala.

Evangelista voltou
com o retrato na mão,
165 tremendo quase assustado
perguntou ao seu irmão
se a moça do retrato
tinha aquela perfeição.

Respondeu João Batista:
170 — Creusa é muito mais formosa
de que esse retrato dela,
em beleza é preciosa.
Tem o corpo desenhado
por uma mão milagrosa.

175 E depois acrescentou,
fazendo um ar de riso:
— O que é isso meu irmão?
Queres perder o juízo?
Já vi que esse retrato
180 vai te causar prejuízo.

Respondeu Evangelista:
— Pois meu irmão, eu te digo,
vou sair do meu país,
não posso ficar contigo,
185 pois a moça do retrato
deixou-me a vida em perigo.

João Batista falou sério:
— Precipício não convém.
De que te serve ir embora
190 por este mundo além, →

em procura de uma moça
que não casa com ninguém?

— Teu conselho não me serve,
estou impressionado;
195 rapaz sem moça bonita
é um desaventurado.
Se eu não casar com Creusa,
findo meu dia enforcado.

Vamos partir a riqueza,
200 que tenho necessidade;
dar balanço no dinheiro,
porque eu quero a metade.
E o que não posso levar
dou-te de boa vontade.

205 Deram balanço ao dinheiro,
só três milhões encontraram.
Tocou[12] dois a Evangelista,
conforme se combinaram.
Com relação ao negócio,
210 da firma se desligaram.

Despediu-se Evangelista,
abraçou o seu irmão,
chorando um pelo outro
na triste separação,
215 seguindo um para a Grécia
em uma embarcação.

Logo que chegou na[13] Grécia,
hospedou-se Evangelista →

---

12 *tocou*: entenda-se *tocaram*.
13 A norma culta recomenda regência diversa: *chegar a*.

em um hotel dos mais pobres,
220 negando assim sua pista,
só para ninguém não saber
que ele era um capitalista.

Ali passou oito meses,
sem se dar a conhecer,
225 sempre andando disfarçado
só para ninguém saber,
até que chegou o dia
da tal moça aparecer.

Os hotéis já se achavam
230 repletos de passageiros[14].
Passeavam pelas praças
os grupos de cavalheiros;
havia muitos fidalgos,
chegando do estrangeiro.

235 Às duas horas da tarde,
Creusa saiu à janela
mostrando sua beleza
entre o conde e a mãe dela.
Todos tiraram o chapéu
240 em continência à donzela.

Quando Evangelista viu
o brilho da boniteza,
disse: — Vejo que meu mano
quis me falar com franqueza,
245 pois essa gentil donzela
é rainha da beleza.

Evangelista voltou
aonde estava hospedado. →

---

14 *passageiros*: entenda-se *hóspedes*.

Como não falou com a moça,
250 estava contrariado.
Foi inventar uma ideia
que lhe desse resultado.

No outro dia saiu
passeando Evangelista,
255 encontrou-se na cidade
com um moço jornalista.
Perguntou se não havia
pela praça algum artista.

Respondeu o jornalista:
260 — Tem o doutor Edmundo
na Rua dos Operários,
é engenheiro profundo.
Para inventar maquinismo
é ele o maior do mundo.

265 Evangelista entrou
na casa do engenheiro
falando em língua grega,
negando ser estrangeiro,
lhe propondo um negócio,
270 oferecendo dinheiro.

Assim disse Evangelista:
— Meu engenheiro famoso,
primeiro vá[15] me dizendo
se não és homem medroso,
275 porque eu quero ajustar
um negócio vantajoso.

---

15 A norma culta aqui exigiria uniformidade no emprego da 2ª pessoa do plural: *vai* me dizendo/se não *és*.

Respondeu-lhe Edmundo:
— Na arte não tenho medo,
mas vejo que o amigo
280 quer um negócio em segredo.
Como precisa de mim
me conte lá esse enredo.

— Eu amo a filha do conde,
a mais formosa mulher.
285 Se o doutor inventar
um aparelho qualquer
que[16] eu possa falar com ela
pago o que o senhor quiser.

— Eu aceito seu contrato,
290 mas preciso lhe avisar,
que vou trabalhar seis meses,
o senhor vai esperar.
É obra desconhecida
que agora vou inventar.

295 — Quer dinheiro adiantado?
Eu pago neste momento.
— Não senhor, ainda é cedo.
Quando findar o invento
é que eu digo o preço,
300 quanto custa o pagamento.

Enquanto Evangelista
impaciente esperava,
o engenheiro Edmundo
toda noite trabalhava
305 oculto em sua oficina
e ninguém adivinhava.

---

16 *que*: a regência adequada seria *com que*, simplificada para possibilitar a métrica.

O grande artista Edmundo
desenhou nova invenção,
fazendo um aeroplano
310 de pequena dimensão,
fabricado de alumínio
com importante[17] armação.

Movido a motor elétrico[18]
depósito de gasolina,
315 com locomoção macia
que não fazia buzina;
a obra mais importante
que fez em sua oficina.

Tinha a cauda como um leque
320 e as asas como pavão,
pescoço, cabeça e bico,
lavanca[19], chave e botão.
Voava igual ao vento
para qualquer direção.

325 Quando Edmundo findou,
disse a Evangelista:
— Sua obra está perfeita,
ficou com bonita vista.
O senhor tem que saber
330 que Edmundo é artista.

---

17 Atente-se para a fusão vocálica: *coim*-por-tan-te. Em poesia, a elisão do *m* no fim de uma palavra, antes de vogal, denomina-se *ectlipse*.
18 *movido a motor elétrico*: em versos como esse, chamado "esdrúxulo", não se contam as duas últimas sílabas após a tônica (*-lé*).
19 *lavanca*: forma arcaica de alavanca; o arcaísmo também pode ter sido coincidência, em razão da provável supressão do *a* inicial para manter o ritmo, processo denominado *aférese*.

Eu fiz um aeroplano
da forma de um pavão,
que arma e se desarma
comprimindo num botão,
335 e carrega doze arroubas
três légua[20] acima do chão.

Foram experimentar
se tinha jeito o pavão.
Abriram lavanca e chave,
340 carregaram[21] num botão,
o monstro girou suspenso
maneiro como um balão.

O pavão de asas abertas
partiu com velocidade,
345 cortando todo espaço
muito em cima da cidade.
Como era meia-noite,
voaram a sua vontade.

Então disse o engenheiro:
350 — Já provei minha invenção.
Fizemos experiência,
tome conta do pavão.
Agora o senhor me paga
sem promover discussão.

355 Perguntou Evangelista:
— Quanto custa teu invento?
— Dá-me cem contos de réis,
achas caro o pagamento?
O rapaz lhe respondeu:
360 — Acho pouco, dou duzentos.

---

20 Concordância falha (três léguas), em virtude do padrão métrico heptassílabo.
21 *carregar*: aqui no sentido de pressionar, exercer pressão sobre algo.

Edmundo inda lhe deu
uma serra azougada[22],
que serrava caibros, ripas
sem que fizesse zuada.
365 Tinha os dentes de navalha
de gume bem afiada.

Deu um lenço enigmático[23],
que enquanto Creusa gritava
chamando pelo pai dela,
370 então o moço passava
ele no nariz da moça:
com isso ela desmaiava.

Então disse o jovem turco:
— Muito obrigado fiquei
375 do[24] Pavão e dos presentes.
Para a luta me armei,
amanhã à meia-noite
com Creusa conversarei.

À meia-noite o Pavão
380 do muro se levantou,
com as lâmpadas apagadas,
como uma flecha voou
bem no palácio do conde
na cumeeira aterrou.

385 Evangelista em silêncio
cinco telhas arredou.
Num buraco de dois palmos
caibros e ripas serrou →

---

22 *azougada*: veloz.
23 *enigmático*: pronuncia-se sonorizando o *g* mudo (e-ni-*gui*-má-ti-co).
24 *do, dos*: em lugar de pelo e pelos.

e pendurou uma corda,
390 por ela se escorregou.

Chegou no quarto de Creusa,
onde dormia a donzela
debaixo dum cortinado
feito de seda amarela.
395 E ele para acordá-la
pôs a mão na testa dela.

A moça estremeceu,
acordou no mesmo instante
e viu um rapaz estranho
400 de rosto muito elegante,
que sorria para ela
com o olhar fascinante.

Então Creusa deu um grito:
— Papai, um desconhecido
405 entrou aqui no meu quarto.
Sujeito muito atrevido!
Venha depressa, papai,
pode ser algum bandido.

O rapaz lhe disse: — Moça,
410 entre nós não há perigo.
Estou pronto a defendê-la
como um verdadeiro amigo.
Venho é saber da senhora
se quer se casar comigo.

415 O jovem puxou o lenço,
no nariz dela tocou.
Deu uma vertigem na moça,
de repente desmaiou,
e ele subiu na corda
420 chegando em cima tirou.

O rapaz juntou os caibros
e consertou o telhado.
E calcando[25] em seu Pavão
voou bastante vexado[26],
425 foi esconder seu Pavão
aonde foi fabricado.

O conde acordou aflito
quando ouviu a zuada.
Entrou no quarto da filha,
430 desembainhou a espada.
Mas a encontrou sem sentido,
dez minutos desmaiada.

Procurou por todos cantos
com a espada na mão,
435 berrando e soltando pragas,
irado como um leão,
dizendo: — Onde encontrá-lo,
eu mato este ladrão.

Creusa lhe disse: — Papai,
440 pois eu vi neste momento
um jovem rico e elegante
me falando em casamento,
não vi quando ele encantou-se[27]
porque deu-me um passamento[28].

445 Disse o conde: — Neste caso
tu estás mesmo a sonhar.
Moça de dezoito anos
já pensando em se casar? →

---

25 *calcando*: entenda-se *subindo*.
26 *vexado*: apressado.
27 *encantar-se*: sumir, ficar invisível.
28 *passamento*: desmaio.

Se aparecer casamento,
450 eu saberei desmanchar.

Evangelista chegou
às duas da madrugada.
Assentou o seu Pavão
sem que fizesse zuada,
455 desceu pela mesma trilha
na corda dependurada.

Creusa estava deitada
dormindo o sono inocente.
Seus cabelos como um véu
460 que enfeita puramente;
como um anjo terreal[29]
que tem lábios sorridentes.

O rapaz muito sutil
foi pegando na mão dela.
465 Então a moça acordou-se,
ele garantiu a ela
que não era malfazejo:
— Não tenhas medo, donzela.

A moça o interrogou,
470 dizendo: — Quem é o senhor?
Disse ele: — Sou estrangeiro,
te consagrei grande amor.
Se não fores minha esposa
a vida não tem valor.

475 Creusa achou impossível
o moço entrar no sobrado.
Então perguntou a ele
do jeito que tinha entrado, →

---

29 *terreal*: referente à terra, ao mundo material.

e disse: — Vai me dizendo
480 se és vivo ou encantado.

— Como lhe tenho amor
me arrisco fora de hora,
moça não negues o sim
a quem tanto te adora.
485 Creusa aí gritou: — Meu pai,
venha ver o homem agora.

Ele aí passou-lhe o lenço,
ela caiu sem sentido.
Ele subiu pela corda
490 por onde tinha descido.
Ao chegar em cima disse:
— O conde será vencido.

Ouviu-se tocar corneta,
o brado do sentinela,
495 o conde se dirigiu
ao quarto da donzela.
Viu a filha desmaiada
não pôde falar com ela.

Até que a moça tornou,
500 disse o conde: — É um caso sério.
Sou fidalgo muito rico
atentado[30] em meu critério,
mas nós vamos descobrir
o autor deste mistério.

505 — Minha filha, eu já pensei
num plano muito sagaz[31]: →

---

30 *atentado*: prudente, prevenido.
31 *sagaz*: esperto, inteligente.

passa esta banha amarela
na cabeça desse audaz[32];
só assim descobriremos
510 esse anjo ou satanás.

Só sendo uma visão
que entra neste sobrado.
Só chega à meia-noite,
entra e sai sem ser notado.
515 Se é gente deste mundo
usa feitiço encantado.

Evangelista também
desarmou o seu Pavão,
a cauda, capota e bico,
520 diminuiu a armação.
Escondeu o seu motor
em um pequeno caixão.

Depois de sessenta dias,
alta noite em nevoeiro,
525 Evangelista chegou
em seu Pavão tão maneiro,
desceu pela mesma trilha
a seu modo traiçoeiro.

Já era a terceira vez
530 que Evangelista entrava
no quarto em que a condessa
à noite se agasalhava.
Pela força do amor,
o rapaz se arriscava.

---

32 *audaz*: atrevido, arrojado.

535 Com pouco a moça acordou,
foi logo dizendo assim:
— Tu tens dito que me amas
com um bem-querer sem fim.
Se me amas com respeito,
540 te senta perto de mim.

Evangelista sentou-se,
pôs-se a conversar com ela.
Trocando riso esperava
a resposta da donzela.
545 Pôs-lhe ela a mão na cabeça,
espalhou a banha amarela.

A condessa levantou-se
com vontade de gritar.
O rapaz tocou-lhe o lenço,
550 sentiu ela desmaiar
deixou-a numa sincope[33]
tratou de se retirar.

E logo Evangelista,
voando da cumeeira,
555 foi esconder seu Pavão
nas folhas de uma palmeira,
Disse: — Na quarta viagem
levo a condessa estrangeira.

Creusa passou o resto
560 da noite malsossegada,
acordou pela manhã
meditativa e cismada.
Se o pai não perguntasse,
ela não dizia nada.

---

33 *sincope*: pronúncia variante para *síncope*, perda dos sentidos.

565 Disse o conde: — Minha filha,
parece que estás doente,
sofrendo algum acesso?
Porque teu olhar não mente:
o tal rapaz encantado
570 te apareceu certamente.

Creusa lhe disse: — Papai,
eu cumpri o seu mandado.
O rapaz apareceu-me,
mas achei-o delicado;
575 passei-lhe a banha amarela
e ele saiu marcado.

O conde disse aos soldados
que a cidade patrulhassem,
tomassem os chapéus dos homens[34]
580 que nas ruas encontrassem.
Um de cabelo amarelo
ou rico ou pobre pegassem.

Evangelista vestiu-se
em roupa de alugado.
585 Encontrou com a patrulha,
o seu chapéu foi tirado.
Viram o cabelo amarelo,
disseram: — Esteja intimado.[35]

Os soldados lhe disseram:
590 — Cidadão não estremeças,
tás preso às ordens do conde.
Acho bom que não te cresças; →

---

34 Novamente aqui, por *ectlipse*, desaparece o *m* final de "tomassem", possibilitando a fusão vocálica com o *os*. Ver nota 17.
35 Leia-se: "Vi-*rão*-ca-be-lo [...] dis-se-*raes*-te-ja [...]". *Ectlipse*, cf. nota 17.

vais à presença do conde,
se és duro não esmoreças.

595 Você[36] hoje vai provar,
por sua vida responde[37]
como é que tem falado
com a filha do nosso conde?
Enquanto ele o procura,
600 onde é que você se esconde?

Respondeu-lhe Evangelista:
— Também me façam um favor.
Enquanto eu vou vestir
minha roupa superior,
605 na classe de homem rico
ninguém pisa meu valor.

Disseram: — Pode mudar
sua roupa de nobreza.
A moça bem que dizia
610 que o rapaz tinha riqueza.
Vamos ganhar umas luvas[38]
e o conde, uma surpresa.

Evangelista saiu
conversando com o guarda,
615 até que se aproximou
duma palmeira copada.
Então disse Evangelista:
— Minha roupa está trepada.

---

36 Note-se a oscilação entre *você* e *tu*, própria do registro oral.
37 Entenda-se: *responda*.
38 *luvas*: no contexto, recompensa recebida por quem presta um serviço a outrem.

E os soldados olharam
620 em cima, viram um caixão.
Mandaram ele subir,
ficaram de prontidão.
Pegaram[39] a conversar,
prestando pouca atenção.

625 Evangelista subiu,
pôs o dedo no botão.
Seu monstro de alumínio
ergueu a sua armação,
dali foi se levantando
630 seguiu voando o Pavão.

E os soldados gritaram:
— Amigo, o senhor desça.
Deixe de tanta demora,
é bom que não aborreça,
635 senão com pouco uma bala
visita sua cabeça.

Então mandaram subir
um soldado de coragem.
Disseram: — Pegue na perna,
640 arraste com a folhagem.
Está passando da hora
de voltarmos da viagem.

Quando o soldado subiu,
Gritou: — Perdemos a ação!
645 Fugiu o moço voando,
de longe vejo o Pavão.
Zombou de nossa patrulha,
aquele moço é o cão.

---

39 *pegaram*: começaram.

Voltaram e disseram ao conde[40]
650 que o rapaz tinham encontrado[41],
mas do olho duma palmeira
o rapaz tinha voado.
Disse o conde: — É o cão
que com Creusa tem falado!

655 Creusa sabendo da história
chorava de arrependida,
por ter marcado o rapaz
com banha desconhecida.
Disse: — Nunca mais terei
660 sossego na minha vida!

Disse Creusa: — Ora, papai,
me priva da liberdade.
Não consente que eu goze
a distração da cidade.
665 Vivo como criminosa
sem gozar a mocidade.

Aqui não tenho direito
de falar com um criado,
um rapaz para me ver
670 precisa vir encantado.
Mas talvez que ainda fuja
desse maldito sobrado.

O rapaz me tem amor.
Só queria vê-lo agora
675 para cair em seus braços,
como a infeliz que chora, →

---

40 Leia-se: "dis-se-*rao*-con-de". Ver nota 17.
41 Leia-se: "ti-*nhaen*-con-tra-do". Ver nota 17.

embora que eu depois
morresse na mesma hora.

Mas eu sei que para ele
680 não mereço confiança.
Enquanto ele vinha aqui
eu inda tinha esperança
de sair desta cadeia
que dá sentença à criança.

685 Às quatro da madrugada
Evangelista desceu.
Creusa estava acordada,
nunca mais adormeceu.
A moça estava chorando,
690 o rapaz apareceu.

O jovem cumprimentou-a,
deu-lhe um aperto de mão.
A condessa ajoelhou-se
para lhe pedir perdão.
695 Disse: — Foi pai quem mandou
eu fazer-lhe a traição.

O rapaz disse: — Menina,
a mim não fizeste mal.
Toda moça é inocente,
700 tem seu papel virginal.
Cerimônia de donzela
é cousa mui[42] natural.

Todo meu sonho dourado
é te fazer minha senhora.
705 Se queres casar comigo, →

---

42 *mui*: forma arcaica de *muito*.

te arrumas, vamos embora,
senão o dia amanhece
e se perde a nossa hora.

— Se o senhor é um homem sério
710 e comigo quer casar,
pois tome conta de mim,
aqui não quero ficar.
Se eu falar em casamento,
meu pai manda me matar.

715 — Não importa que ele mande
tropa e os navios nos mares,
minha viagem é aérea,
meu cavalo anda nos ares.
Nós vamos fugir daqui,
720 casar em outros lugares.

Creusa estava empacotando
vestido mais elegante.
O conde entrou no quarto
dando um berro vibrante,
725 dizendo: — Filha maldita,
vais morrer com teu amante.

O conde rangiu[43] os dentes
e avançou com passo extenso.
Deu um pontapé na filha,
730 dizendo: — Sou eu quem venço.
Logo no nariz do conde
o rapaz passou o lenço.

Ouviu-se o baque do conde,
porque rolou desmaiado. →

---

43 *rangiu*: conjugação do verbo rangir, o mesmo que ranger (*rangeu*).

74

735 A última cena do lenço
deixou-o magnetizado.
Disse o moço: — Dez minutos
pra sairmos do sobrado.

Creusa disse: — Estou pronta,
740 já podemos ir embora.
E subiram pela corda
até que saíram fora.
Se aproximava a alvorada,
pela cortina da aurora.

745 Com pouco o conde acordou,
viu a corda pendurada.
Na coberta do sobrado
distinguiu-se uma zuada,
e as lâmpadas do aparelho
750 mostrando luz variada.

E a gaita do Pavão
tocando com rouca voz,
o monstro de olhos de fogo
projetando seus faróis.
755 O conde mandando pragas
disse: — Creusa é contra nós.

Os soldados da patrulha
estavam de prontidão.
Disseram: — Vem ver, fulano!
760 Lá vai passando o Pavão.
O monstro fez uma curva
para tomar direção.

Então disse um dos soldados:
— Orgulho é pura ilusão.
765 Um pai governa uma filha, →

mas não manda o coração.[44]
Bem agora a condessinha
vai fugindo no Pavão.

O conde olhou para a corda,
770 viu o buraco no telhado.
Como ele fora vencido
pelo rapaz atilado[45],
adoeceu só de raiva,
morreu por não ser vingado.

775 Logo que Evangelista[46]
foi chegando na[47] Turquia
com a condessa da Grécia,
fidalga de monarquia,
em casa de João Batista
780 casaram no mesmo dia.

Em casa de João Batista
deu-se grande ajuntamento,
dando viva aos noivados[48],
parabéns de casamento.
785 À noite teve retreta[49]
com visita e cumprimento.

Enquanto Evangelista
gozava imensa alegria,
chegava um telegrama
790 da Grécia para Turquia →

---

44 Entenda-se: *no* coração.
45 *atilado*: sagaz, esperto.
46 Leia-se: que/Evangelista (hiato). Normalmente haveria fusão vocálica dos ês. Aqui, em função da métrica, dá-se o hiato. Ver também os versos 787, 807 e 846, nos quais ocorre fenômeno similar.
47 Ver nota 18.
48 Entenda-se: *noivos*.
49 *retreta*: Apresentação de banda de música, geralmente em praça pública.

chamando a condessa Creusa
pelo motivo que havia.

Dizia o telegrama:
"Creusa, vem com teu marido
795 receber a tua herança.
O conde já é falecido.
Tua mãe deseja ver
o genro desconhecido".

A condessa estava lendo
800 com[50] o telegrama na mão.
Entregou a Evangelista,
que mostrou a seu irmão,
dizendo: — Vamos voltar
por uma justa razão.

805 De manhã, assim que os noivos
acabaram de almoçar,
Creusa em traje de noiva,
se aprontou pra viajar
de palma, véu e capela,
810 pois só vieram casar.

Diziam os convidados:
— A condessa é tão novinha
e vestida assim de noiva
se torna mais bonitinha;
815 está com um buquê de flores,
seria como uma rainha.

Os noivos tomaram[51] assento
no Pavão de alumínio
e o monstro se levantou,
820 foi ficando pequenino. →

---

50 Leia-se: *co'o*. Ver nota 17.
51 Leia-se: to-ma-*raa*-sen-to. Ver nota 17.

Continuou o seu voo
no rumo do seu destino.

Na cidade de Atenas
estava a população
825 esperando pela volta
do aeroplano Pavão,
ou "o cavalo do espaço"
que imita o avião.

Na tarde do outro dia
830 que o Pavão foi chegado[52].
Em casa de Edmundo
ficou o moço hospedado,
seu amigo de confiança,
que foi bem recompensado.

835 E também a mãe de Creusa
já esperava vexada.
A filha mais tarde entrou
muito bem acompanhada.
De braço com o seu noivo,
840 disse: — Mamãe, tô casada.

Disse a velha: — Minha filha,
saíste do cativeiro.
Fizeste bem em fugir
e casar no estrangeiro.
845 Tomem conta da herança,
meu genro é meu herdeiro.

---

52 *foi chegado*: chegou.

• •

Além de famoso como cantador repentista, João Melquíades Ferreira da Silva foi militar veterano, tendo participado das campanhas de Canudos, em 1897, e do Acre, em 1903. Nasceu em Bananeiras, Paraíba, em 7 de setembro de 1869, e faleceu em dezembro de 1933. Entre suas obras mais conhecidas estão *As quatro moças do céu*, *História de Juvenal e Leopoldina* e *Roldão no Leão de Ouro*. Nenhuma fotografia do autor foi localizada.

Patativa do Assaré

Filho de gato é gatinho

Era o esposo assaltante perigoso,
o mais famoso dentre os marginais,
porém, se ele era assim astucioso,
sua esposa roubava muito mais

5 A ladra certo dia se sentindo
com sintoma e sinal de gravidez,
disse ao marido satisfeita e rindo:
— Eu vou ser mãe pela primeira vez!

Ouça, querido, eu tive um pensamento,
10 precisamos viver com precaução,
para nunca saber nosso rebento
desta nossa maldita profissão.

Nós vamos educar nosso filhinho
dando a ele as melhores instruções
15 para o mesmo seguir o bom caminho,
sem conhecer que somos dois ladrões.

Respondeu o marido: — Está direito,
meu amor, você disse uma verdade.
De hoje em diante eu procurarei um jeito
20 de roubar com maior sagacidade.

Aspirando o melhor sonho de Rosa,
ambos riam fazendo os planos seus.
E mais tarde a ladrona esperançosa
teve um parto feliz, graças a Deus.

25 "Ai, como é linda, que joinha bela!",
diziam os ladrões, cheios de amor,
cada qual desejando para ela
um futuro risonho e promissor.

Mas logo viram com igual surpresa
30 que uma das mãos da mesma era fechada.
Disse a mãe, soluçando de tristeza:
— Minha pobre menina é aleijada.

A mãe, aflita, teve uma lembrança
de olhar a mão da filha bem no centro.
35 Quando abriu a mãozinha da criança,
a aliança da parteira estava dentro.

Vicença e Sofia ou
O castigo de mamãe

Vô dá uma prova franca
falando pra seu dotô:
gente preta e gente branca,
tudo é de Nosso Sinhô.
5   Mas tem branco inconsciente,
que querendo sê decente
diz que o preto faz e nega,
que o preto tem toda fáia;
não vê os rabo[1] de páia
10 que muitos branco carrega[2].

Pra sabê que o preto tem
capacidade e valia,
não vou mexê com ninguém
provo é na minha famia[3].
15 Eu sou branco, quase louro, →

---

1 O plural do substantivo (*rabos*) seria obrigatório de acordo com a norma culta. No entanto, a concordância falha nesse caso é determinada pelo desejo de fidelidade ao tom oral. O leitor encontrará muitas ocorrências desse tipo na poesia de Patativa do Assaré.
2 Entenda-se *carregam*. A falha na concordância verbal é determinada aqui pela rima: *nega/carrega*.
3 *famia*: família.

mas no primeiro namoro,
com a santa proteção
da Divina Providença[4],
eu casei com a Vicença
20 preta da cô de carvão.

Ela não tinha beleza,
não vô menti, nem negá,
mas tinha delicadeza
e sabia trabaiá.
25 Venta[5] chata, beiço grosso,
e muito curto o pescoço,
disto tudo eu dava fé.
A feiura eu não escondo,
os oio grande e redondo
30 que nem os do caboré[6].

Mas Deus, com sua ciença[7]
em tudo faz as mistura;
a bondade da Vicença
tirava a sua feiura.
35 E o amô não é brinquedo,
amô é grande segredo
que nem o sábio revela.
Quando a Vicença falava
parece que Deus mandava
40 que eu me casasse com ela.

Houve um baruio do diacho,
papai e mamãe não queria[8]. →

---

4 Entenda-se: *providência*.
5 *venta*: nariz.
6 *caboré*: mesmo que *caburé* – nome de uma espécie de coruja.
7 Entenda-se: *ciência*.
8 Aqui o sujeito composto, segundo a norma culta, obrigaria a concordância no plural ("papai e mamãe não *queriam*"), o que implicaria, no entanto, sacrifício da rima (queria/desistia).

Foram arriba e foram abaixo
mode[9] vê se eu desistia,
45 um falava, outro falava,
porém do jeito que eu tava
eu não podia deixá,
eu tava que nem ureca[10]
que depois que prega e seca,
50 não tem quem possa arrancá.

Mamãe dizia: — Romeu,
veja a grande diferença,
veja a cô que Deus lhe deu
e o pretume da Vicença.
55 Tenha vergonha, se ajeite,
aquela pipa de azeite
não serve de companhia.
Isto é papel do Capeta,
você com aquela preta
60 desgraça nossa famia.

Isso muito me aborrece.
Que futuro você acha
nessa preta que parece
um tubo sujo de graxa?
65 Lhe dou um conselho agora:
deixe tudo e vá se embora
ganhá dinheiro no Sul.
Venda o meu burro e o cavalo,
vá se embora pra São Paulo,
70 acabe com esse angu[11].

---

9 *mode*: forma simplificada da expressão antiga "para mor de", com as variantes "para molde", "de molde a". Equivale atualmente a "de modo a".
10 *ureca*: um tipo de cola.
11 *angu*: rolo, complicação, confusão.

Mude a sua opinião,
senão você fica à toa.
Eu não lhe boto benção[12]
e o seu pai lhe amaldiçoa.
75 Este infeliz casamento
só vai lhe dá sofrimento.
Isto eu digo e em Deus confio,
você vai se arrependê,
depois, mais tarde vai tê
80 vergonha até de seus fio.

Fio com mãe não discute,
mas porém com esta briga,
eu disse: — Mamãe, escute,
é preciso que eu lhe diga,
85 não fale da fia aleia[13].
A Vicença é preta e feia,
não vou lhe dizê que não.
Disto tudo eu já dei fé,
mas eu não quero muié
90 pra botá na exposição.

Mamãe, eu quero muié
é pra mode me ajudá,
fazê comida e café
e a minha vida zelá.
95 E aquela é uma pessoa
que pra mim tá muito boa,
o que é que a senhora pensa?
Lhe digo sem brincadeira,
mamãe é trabalhadeira,
100 mas não vai com[14] a Vicença.

---

12 *benção*: variante de bênção.
13 Entenda-se: "filha alheia".
14 *não vai com*: não se equipara.

Dotô, mamãe desta vez
de raiva ficou cinzenta.
Fungou igual uma rês
quando cai água nas venta.
105 Com raiva saiu de perto,
e eu achei que eu tava certo
defendendo meu amô,
pois tenho na minha mente
que o nego também é gente,
110 pertence a Nosso Sinhô.

E eu disse: — Eu vou é botá
meu casamento pra riba.
Tenho idade de casá,
não vejo quem me proíba.
115 Saí como quem não foge,
fui na casa de seu Jorge.
Cheguei lá, pedi licença
e tratei do meu noivado;
ficou todo admirado
120 do meu amô por Vicença.

E eu disse: — Mamãe e papai
o casamento não qué[15],
mas porém a coisa vai
mesmo havendo rapapé.
125 Seu Jorge, eu quero é depressa,
já dei a minha promessa,
e eu prometendo não nego.
Mesmo eu conheço o direito,
casamento deste jeito
130 se faz é trás e zás[16], nó cego.

---

15 Observe que a concordância deveria se fazer com "mamãe e papai" (*querem*).
16 *trás e zás*: inversão da interjeição *zás-trás*, que simboliza uma ação rápida e decidida.

Seu Jorge com muito gosto
fez as obrigação[17] dele,
pois era forte e disposto,
que eu nunca vi como aquele.
135 Depois que fez os preparo,[18]
convidô seu Januário,
um bom tocadô que eu acho,
que é com seu dom soberano,
o maió pernambucano
140 pra tocá nos oito baixo[19].

Com a pressa que nós tinha,
seu Jorge tomou a frente
como quem caça meizinha[20]
quando tá com dô de dente.
145 E depressa, sem demora,
veio o dia e veio a hora
do mais feliz casamento.
E perto do sol se pô,
seu Januário chegô
150 montado no seu jumento.

Eita, festona animada!
Mió não podia sê.
O tamanho da latada[21]
não é bom nem se dizê.
155 Sogra, sogro e seus parente
brincava tudo contente,
cada qual o mais feliz. →

---

17 Entenda-se: "as obrigações".

18 Entenda-se: "os preparos".

19 *oito baixos*: a referência é ao acordeão, ou sanfona.

20 *meizinha* ou *mezinha*: remédio; medicamento caseiro, geralmente feito a partir de plantas.

21 *latada*: algazarra, bater de latas e panelas, dirigida a recém-casados na noite do casamento.

Porém, ninguém puxou fogo[22],
nem houve banca de jogo
160 porque seu Jorge não quis.

Era noite de luá
e a lua, o mundo briando
dentro das lei naturá,
lá pelo espaço, vagando,
165 pura como a conciença[23]
da minha noiva Vicença,
o meu amparo e meu bem.
Parece até que se ria
e pras estrela dizia:
170 — Romeu, tá de parabém[24].

Seu Januário sem medo
tomou um pequeno gole
e foi molengando os dedo
no teclado do seu fole.
175 Os véio, os moço e as criança
caíram dentro da dança
com uma alegria imensa.
E eu com a noiva dançando,
já ia me acostumando
180 com o suó de Vicença.

Seu dotô, eu sei que alguém
não me acredita e me xinga,
mas do suó do meu bem
eu nunca senti catinga.
185 Esta vaidade tola
da branca contra a crioula,
a maió besteira é. →

---

22 *puxar fogo*: beber em excesso, embriagar-se.
23 Entenda-se: "consciência".
24 Entenda-se: "parabéns".

Com tudo a gente se arruma,
qualquer home se acostuma
190 com o cheiro das muié.

Seu moço, não ache ruim,
pois eu vou continuar.
Uma história boa assim
só se conta devagar.
195 Já disse com paciença
que eu casei com a Vicença,
é este o primeiro trecho,
o mais mió deste mundo.
Agora eu conto o segundo
200 pro sinhô vê o desfecho.

Nem com a força do vento
a luz de Deus não se apaga.
E quando chega o momento,
aquele que deve, paga.
205 Muito ignorante foi[25]
mamãe, que Deus lhe perdoe,
e papai, o seu marido.
Nenhum falava com eu[26],
pra eles dois, o Romeu
210 tinha desaparecido.

Mas nosso Deus verdadeiro
com a providença sua,
escreve certo e linheiro[27]
até num arco de pua[28].
215 Lá um dia a casa cai, →

---

25 Observe que a concordância correta seria no plural ("papai e mamãe *foram* muito *ignorantes*").

26 Entenda-se: *comigo*.

27 *linheiro*: alinhado.

28 *arco de pua*: arma portátil e perfurante.

com mamãe e com papai
um desastre aconteceu.
Escute bem o que digo
e veja como o castigo
220 na casa deles bateu.

O meu irmão, o José,
que ainda tava solteiro,
lesado, besta e paié[29]
que nem peru no poleiro,
225 se largou do seus cuidado
e por mamãe atiçado,
entendeu de se casá.
E casou com a Sofia,
a mais bonita que havia
230 praquelas banda de lá.

A Sofia era alinhada
branca do cabelo louro,
disciplinada e formada
nas escola de namoro.
235 O que tinha de fromosa[30]
tinha também de manhosa.
Dos trabaio[31] de cozinha
ela não sabia nada,
e pra sê bem adulada
240 tomou mamãe por madrinha.

Foi a maió novidade
o casório de José.
Pra lhe dizê a verdade
sortaro[32] até buscapé, →

---

29 *paié*: pensativo, impressionado.
30 Entenda-se: *formosa*.
31 Entenda-se: *trabalhos*.
32 Entenda-se: *soltaram*.

245 foguete, traque e chuvinha.
    Com o prazê que eles tinha[33],
    foi comida pra sobrá.
    Houve almoço, janta e ceia,
    mataro até minha oveia[34]
250 que eu tinha deixado lá.

    Foi grande o contentamento
    como igual eu nunca vi.
    E depois do casamento,
    era Sofia prali
255 e Sofia pracolá.
    A mamãe, que pra cantá
    nunca teve intiligença[35],
    sorfejava[36] toda hora
    só porque tinha uma nora
260 diferente da Vicença.

    Mas pra fazê trapaiada[37]
    Sofia era cobra mansa.
    Inventou umas andada[38]
    por aquelas vizinhança.
265 E o meu irmão sem receio
    não ligava[39] estes passeio
    confiando na muié.
    Mas porém a descarada
    tava naquelas andada
270 botando chifre em José.

---

33 Entenda-se: *tinham*.
34 Entenda-se: *ovelha*.
35 Entenda-se: *inteligência*.
36 *sorfejava*: cantarolava.
37 Entenda-se: *trapalhada*.
38 Entenda-se: *andadas*.
39 *não ligava*: não se importava.

A coisa inda tava assim
na base da confusão:
alguns dizia que sim,
outros dizia[40] que não.
275 Mas foi pegada em flagrante
lá dentro duma vazante[41]
nuns escondidos que tinha.
E quer sabê quem pegô?
Não foi eu, nem seu dotô,
280 foi mamãe, sua madrinha.

A mamãe toda tremendo
naquele triste segundo,
como se tivesse vendo
uma coisa do outro mundo,
285 voltou pra casa chorando
lamentando e cramunhando[42]
o caso que aconteceu.
E a Sofia foi embora,
largou-se de mundo afora
290 nunca mais apareceu.

Por causa daquele embrulho,
minha mamãe acabou
com a soberba e o orgulho
que sempre a acompanhou.
295 Mandô pedi com urgença[43]
que eu fosse mais a Vicença
mode me botá benção[44].
Pois ela e o seu marido, →

---

40 A norma culta obrigaria a concordância no plural: "Alguns *diziam* [...] outros *diziam*".
41 *vazante*: várzea alagada à beira de lagoa ou riacho.
42 *cramunhar*: caramunhar, fazer caramunha, choramingar.
43 Entenda-se: *urgência*.
44 Ver nota 12.

de tudo que tinha havido
300 queriam pedir perdão.

Com o que fez a Sofia
mamãe virou gente boa.
E dizia: — Minha fia,
Vicença, tu me perdoa?
305 Como o pobre penitente
que dentro da sua mente
um fardo de culpa leva,
mamãe na frente da nora
parecia a branca aurora
310 pedindo perdão à treva.

Se acabou a desavença,
se acabou a grande briga.
Pra ela, hoje a Vicença
é nora, filha e amiga.
315 Hoje o seu prazer completo
é pentear seus três netos
do cabelo arrupiado[45].
Cabelo mesmo de bucha
mas mamãe puxa e repuxa
320 até que fica estirado.

E é por isso que onde eu chego,
no lugar onde eu tivé,
ninguém fala mal de nego
que seja home ou muié;
325 o preto tendo respeito
goza de justo direito
de ser cidadão de bem.
A Vicença é toda minha →

---

45 *arrupiado*: arrepiado.

e eu não dou minha pretinha
330 por branca de seu ninguém.

Se de qualquer parte eu venho,
entro na minha morada
e aquilo que eu quero, tenho,
tudo na hora marcada
335 da sala até a cozinha;
e a Vicença é toda minha
e eu também sou dela só.
Eu sou home, ela é muié
e o que eu quero ela qué,
340 pra que coisa mais mió?

Seu dotô, muito obrigado
por sua grande atenção,
escutando este passado
que serve até de lição.
345 Neste mundo de vaidade,
critério, honra e bondade
não têm nada com a cô.
Eu morro falando franco:
tanto o preto como o branco
350 pertence[46] a Nosso Sinhô.

---

46 Entenda-se: "pertencem".

O bicho mais feroz

O dia amanheceu, era verão,
a tomar seu café lá no fogão
o seu Tonho dizia para Solidade:
— O sonho muitas vezes é realidade,
5   e esta noite eu sonhei, quando dormia,
que um cachorro na roça me mordia.
Por aqui hoje o dia vou passar
e não vou para a roça trabalhar.

Respondeu Solidade: — Isto é besteira!
10 O sonho não é coisa verdadeira.
E se o bicho morder você se atrasa
tanto faz lá na roça como na casa,
o melhor é você não pensar nisso
e ir pra roça cuidar do seu serviço.

15 O seu Tonho saiu dando cavacos[1]
com o seu cavador cavar buracos.
Felizmente o coitado não foi só
pois o filho o seguiu no mocotó[2].

---

1 *dando cavacos*: resmungando, dando sinais de contrariedade.
2 *no mocotó*: de perto, nos calcanhares.

No primeiro buraco que cavou,
20 para ele o perigo não chegou.
Porém quando passou para o segundo,
viu estrelas brilhando no outro mundo.
Uma feia raposa sem respeito
agarrou-lhe na mão de certo jeito,
25 e rosnando raivosa, arrepiada,
com os dentes lhe dava safanada.
O coitado sozinho a pelejar
e a raposa filada[3] sem soltar.

Sem poder defender-se do perigo
30 o seu Tonho a gemer disse consigo:
— Bicho doido dos diabos, tu me pagas!
E gritou pelo filho: — Venha, Chagas,
venha logo, depressa, em meu socorro,
que estou preso nos dentes de um cachorro.
35 Quando Chagas ouviu, disse de lá:
— Vou fazer um cigarro e chego já.
E fazendo o cigarro, de repente,
foi provar que era um filho obediente.

Chagas vendo a raposa foi dizendo
40 pra seu Tonho poder ficar sabendo:
— Ô papai, me desculpe, por bondade,
o senhor tem sessenta anos de idade
e por fora daqui já tem andado,
pois já foi passear em outro estado.
45 No roçado um só dia nunca falha
e se em casa tiver também trabalha,
torce corda, faz peia de capricho,
aparelha cangalha, faz rabicho,[4]
faz cabresto e faz mais alguma coisa. →

---

3 *filada*: presa, agarrada, grudada.
4 *cangalha*: peça para pendurar cargas, colocada sobre o dorso das cavalgaduras; *rabicho*: tira de couro que vai da sela à cauda nos arreios da montaria.

50   E ainda não conhece uma raposa?
Eu lhe digo e o sinhô sei que combina,
isso aí é raposa até na China.

O seu Tonho, já quase esmorecido,
respondeu para o filho, aborrecido:
55   — Ou raposa ou cachorro ou qualquer raça,
por favor, mate logo esta desgraça.
Foi que o Chagas cortando um grosso pau
acabou com aquele bicho mau.
Não podendo o ferido ter demora,
60   para casa voltou na mesma hora.
E achando que a vida estava em risco
foi chegando com ar de São Francisco.

E dizendo pra sua boa esposa:
— Veja aqui o que fez uma raposa.
65   Solidade ficou bastante aflita.
Porém, como em Jesus muito acredita,
respondeu: — Você ainda foi feliz.
Se a raposa mordeu, porque Deus quis,
e se fosse na casa também vinha,
70   o mordia e levava uma galinha.

Tudo aquilo seu Tonho ouviu calado,
disfarçando que estava conformado.
A Tosinha, a Canginha, a Margarida,
reparando o chamboque[5] da mordida
75   aplicaram remédio bem ligeiro
e foram dar risada no terreiro.

O seu Tonho no seu comportamento
passou dias fazendo tratamento,
desfrutando café, cigarro e boia, →

---

5 *chamboque*: local do corpo de onde foi arrancado (ou levantado) um pedaço de carne.

80 paciente, de braço na tipoia.
   E o Chagas, por causa do acidente,
   passou dias folgado, bem contente,
   pois quando ia pra roça era sozinho,
   muitas vezes voltava do caminho.

85 Felizmente, o seu Tonho está curado,
   porém nunca deixou de ter cuidado.
   E ele até com razão fez uma jura:
   não tirar sua faca da cintura.
   Outro dia, com o Souza conversando
90 em diversos assuntos e falando
   sobre os bichos ferozes do país,
   ele disse, mostrando a cicatriz:
   — Pode crer, meu prezado amigo Souza,
   não há um tão feroz como a raposa.

Bertulino e Zé Tingó

Zé Tingó:
— Meu bom dia, Bertulino,
como vai meu camarada?
Já faz uns pouco de dia
que eu ando em sua pisada.
5   Com muito cuidado e pressa,
fiz até uma promessa
pra não vortá sem lhe vê.[1]
E vou logo lhe avisando,
eu ando lhe precurando[2]
10   mode proseá[3] com você

Bertulino:
— Pois não, amigo Tingó,
agora nóis vamo a ela
vai já encontrá um texto
que dê na sua panela.
15   Vô preguntá[4] pra você
e tem que respondê,
se é poeta porfundo[5], →

---

1 Entenda-se: *pra não voltar sem o ver.*
2 Entenda-se: *procurando.*
3 *mode proseá*: para conversar.
4 Entenda-se: *perguntar.*
5 *porfundo*: profundo.

e rima sem quebrá pé[6],
vá me dizendo qual é
20 a coisa maió do mundo.

Zé Tingó:
— Bertulino, esta pregunta
te respondo muito bem.
Das coisa que anda sem fôrgo[7],
a mais maió[8] é o trem,
25 mas porém de bicho vivo,
vou lhe falá positivo,
do que eu conheço hoje em dia
e agora tô lembrado,
é o boi zebu raciado
30 do Coroné Malaquia.

Bertulino:
— Zé Tingó, eu nunca vi
tão tolo assim como tu.
A coisa maió do mundo
não é trem nem boi zebu.
35 Colega, a coisa maió
e também a mais mió
eu vou lhe dizê qual é,
sem demorá um segundo:
a coisa maió do mundo
40 é o grande amô da muié.

Zé Tingó:
— Eu não creio, pois a minha
tem um gênio muito mau.
Já bateu até em mim →

---

6 *pé*: unidade rítmica e melódica do verso, constituída de uma ou mais sílabas.
7 *fôrgo*: fôlego.
8 Reza a norma culta que o superlativo *maior* dispensa o uso do *mais*.

com um pedaço de pau.
45 Me tratando com rigô,
isto assim não é amô,
amô assim ninguém qué.
Hoje eu me julgo perdido
porque andava iludido
50 com trapaça de muié.

Bertulino:
— Tingó, o cabra valente
que briga com dois ou três,
tando perto de muié,
briga até com cinco ou seis.
55 Alguém diz que é valentão,
pula de faca na mão,
faz medo e faz rapapé.
Mas porém tudo é bobagem:
o home só tem coragem
60 com grande amô da muié.

Zé Tingó:
— Vou lhe mostrá um exemplo.
Eu vi o Chico Mutuca,
rapaz bom e de prestígio
que nunca gostou de infuca[9].
65 Amô a uma donzela,
ela rapou-lhe a canela[10],
deu nas venta[11] com os pé.
E foi triste o resultado:
ele morreu enforcado
70 por causa desta muié.

---
9 *infuca*: intriga, confusão.
10 *rapar a canela*: dar uma rasteira.
11 *ventas*: narinas.

Bertulino:
— Também lhe mostro um exemplo.
Eu vi o véio Jacó
cacundo, triste e bizungo[12]
porque não tinha um xodó.
75 Mas topou uma cabrocha
com os dois oio de tocha
e a sua fala de mé[13].
E hoje o véio anda linheiro[14],
todo engomado e no cheiro,
80 com o grande amô da muié.

Zé Tingó:
— O que eu sei é que a muié
de seu Mané Cajuêro
pegou com salto de bode,[15]
fugiu com um miçangueiro[16].
85 E sabe o que aconteceu?
Seu Mané endoideceu,
da vida perdeu a fé.
Hoje o miserável tá
no asilo da capitá
90 por causa dessa muié.

Bertulino:
— Tingó, muié tem milagre.
O rapaz do Zé Vinvim
andava triste e calado,
tudo pra ele era ruim.
95 A vida não tinha graça, →

---

12 *cacundo*: mesmo que *corcunda*; *bizungo*: abatido, melancólico.
13 *mé*: mel.
14 *linheiro*: alinhado.
15 *pegou com salto de bode*: cedeu à tentação.
16 *miçangueiro*: camelô, vendedor ambulante.

só vivia na framaça[17]
de um dotô de muita fé.
E o remédio não deu jeito,
mas ficou bom e perfeito
100　com o grande amô da muié.

Zé Tingó:
— Eu não lhe duvido não.
Muié tem umas mistura,
a muié é como veneno:
muié mata e muié cura.
105　Tem a bonita e a mais feia,
umas anda[18] como oveia
e outras, como o jacaré.
Porém já conheço a fundo
que os desmantelo do mundo
110　é por causa de muié.

Bertulino:
— Zé Tingó, o dinheiro é grande,
com ele tudo se anima,
mas o amô da muié
derruba e passa por cima.
115　O trabaiadô da roça,
o vagabundo da troça,
o dotô e o coroné,
tudo isto que eu tô falando
só é feliz encontrando
120　um coração de muié.

Zé Tingó:
— Algum pode ser feliz, →

---
17 *framaça*: farmácia.
18 A normal culta exigiria flexão no plural (*andam*).

porém outros corre estreito[19],
porque neste mundo tem
coração de todo jeito.
125 Todo vivente do chão
tem por certo um coração,
até mesmo a cascavé[20].
E por isto eu penso assim,
mora muita coisa ruim
130 no coração da muié.

Bertulino:
— Ninguém fale de muié,
seja lá que muié fô.
Ela foi sempre no mundo
joia de grande valô,
135 desde os tempo de outrora.
Veja que Nossa Senhora
se casou com São José,
e com isto se conhece
que até o santo obedece
140 ao grande amô da muié.

Zé Tingó:
— Porém Eva era medonha,
era doida e sacudida,
teimou com Deus e comeu
uma fruta proibida,
145 e ao marido ofereceu.
E o pobre, quando comeu,
que da miséria deu fé,
soluçou de arrependido.
E o mundo ficou perdido
150 por causa dessa muié.

---

19 *correr estreito*: mesmo que passar apertado, ou seja, ter problemas, dificuldades.
20 *cascavé*: cascavel, cobra peçonhenta.

Bertulino:
— Colega, nunca estudei,
eu não sei lê nem contá.
Mas porém muitas das vez
pego sozinho a pensá
155 que a terra e sua montanha
com a grandeza tamanha,
do mar com sua maré
e do mundo a redondeza,
ainda não tem grandeza
160 igual o amô da muié.

Zé Tingó:
— Bertulino, é seu engano,
ói[21] minha comparação:
a muié é como a arapuca
e o home é como o cancão[22].
165 O cancão vê a arapuca
e pega naquela infuca[23]
e mexe e remexe até
que fica preso e sujeito.
Pois é deste mesmo jeito
170 o bem-querer da muié.

Bertulino:
— Mas meu colega, Tingó,
tu bem pode avaliá[24]
que uma cabeça bonita
com os oio de venha cá,
175 deixa o cabra sugigado[25]. →

---

21 Entenda-se: *olhe*.
22 *cancão*: ave da família dos corvídeos, também conhecida como gralha-cancã.
23 Ver nota 10.
24 O verbo aqui deveria concordar com a 2ª pessoa do singular, segundo a norma culta: tu bem *podes*.
25 *sugigado*: sojigado, submetido, subjugado.

Eu já tenho imaginado
que até mesmo o luçulé,
que anda procurando as arma,
se alvoroça e perde a carma
180 vendo as arma da muié.

Zé Tingó:
— Colega, vamo deixá,
nem eu nem você tem[26] sorte,
porque questão de muié
só quem resorve é a morte.
185 Decidi é impossíve,
nesse assunto incompreensíve
cada um diz o que qué.
E até logo Bertulino,
grosadô[27] véio mofino
190 aduladô de muié.

---

26 O verbo, segundo a norma culta, deveria vir no plural ("nem eu nem você *temos* sorte"). A flexão no singular é aqui determinada pela exigência métrica da *redondilha maior.*

27 *glosador:* criador de trovas, poeta.

O boi zebu e as formigas

Um boi zebu certa vez
moiadinho de suó,
quer sabê o que ele fez?
Temendo o calor do só[1],
5   entendeu de demorá
e uns minutos cochilá
na sombra de um juazeiro
que havia dentro da mata.
E firmou as quatro pata
10 em riba de um formigueiro.

Já se sabe que a formiga
cumpre a sua obrigação.
Uma com outra não briga
vive em perfeita união,
15 paciente, trabaiando,
suas fôia carregando,
um grande exemplo revela[2]
naquele seu vai e vem.
E não mexe[3] com ninguém
20 se ninguém mexê com elas.

---

1 Entenda-se: *sol*. O desvio de pronúncia põe-se aqui a serviço da rima (*suó*/*só*).

2 O verbo, que deveria vir no plural (*revelam*), se mantém no singular como marca de oralidade.

3 Ver nota 2.

Por isto com a chegada
daquele grande animá,
todas ficaram zangadas,
começaram a se assanhá.
25 E foram se reunindo,
nas pernas do boi subindo,
constantemente a subir.
Mas tão devagá andava[4],
que no começo não dava
30 pra ele nada sentir.

Mas porém como a formiga
em todo canto se soca,
dos casco até na barriga
começou a frivioca[5].
35 E no corpo se espaiando,
o zebu foi se zangando,
e os casco no chão batia.
Mas porém não meiorava,
quanto mais coice ele dava
40 mais formiga aparecia.

Com esta formigaria
tudo picando sem dó,
o lombo do boi ardia
mais do que na luz do só.
45 E ele, zangado às patada,
mais a força incorporada,
o valentão não aguenta.
O zebu não tava bem,
quando ele matava cem,
50 chegava mais de quinhenta[6].

---
4 Ver nota 2.
5 *frivioca*: fervilhamento, agitação.
6 Entenda-se: *chegavam/quinhentas*.

Com a feição de guerreira,
uma formiga animada
gritou para as companheira:
— Vamo, minhas camarada
55 acabá com o capricho
deste ignorante bicho.
Com nossa força comum
defendendo o formigueiro,
nós somos muitos miêro[7]
60 e este zebu é só um.

Tanta formiga chegô
que a terra ali ficou cheia.
Formiga de toda cô[8],
preta, amarela e vermeia,
65 no boi zebu se espaiando
cutucando e pinicando.
Aqui e ali tinha um moio[9].
E ele com grande fadiga
porque já tinha formiga
70 até por dentro dos oio.

Com o lombo todo ardendo
daquele grande aperreio,
o zebu saiu correndo
fungando e berrando feio.
75 E as formiguinha inocente
mostraram pra toda gente
esta lição de morá[10]:
contra a falta de respeito →

---

7 *miêro*: milheiros, múltiplos de mil.
8 Entenda-se: *cor*. Pronúncia e grafia desviantes a serviço da rima (*chego/cô*).
9 *moio*: molho, uma porção.
10 *morá*: moral.

        cada um tem seu direito
80   até nas lei naturá[11].
        As formiga a defendê
        sua casa, o formigueiro,
        botando o boi pra corrê
        da sombra do juazeiro,
85   mostraram nessa lição
        quanto pode a união.
        Neste meu poema novo
        o boi zebu qué dizê[12]
        que é os mandão do pudê[13],
90   e estas formiga[14] é o povo.

---

11 *naturá*: natural.
12 Entenda-se: "quer dizer".
13 Entenda-se: *poder*.
14 Entenda-se: "estas formigas".

A realidade da vida

Na minha infância adorada
meu avô sempre contava
muita história engraçada
e de todas eu gostava.
5 Mas uma delas havia
com maió filosofia,
e eu como poeta sou
e só rimando converso,
vou aqui contá em verso
10 o que ele em prosa contou.

Rico, orgulhoso, profano,
reflita no bem comum.
Veja os direitos humano,
as razão de cada um.
15 Da nossa vida terrena,
dessa vida tão pequena,
a beleza não destrua.
O direito do banqueiro
é o direito do trapeiro
20 que apanha os trapo na rua.

Pra que vaidade e orgulho?
Pra que tanta confusão,
guerra, questão e barulho →

dos irmão contra os irmão?
25   Pra que tanto preconceito?
Vivê assim desse jeito,
esta existência é perdida.
Vou um exemplo contá
e nestes verso mostrá
30   a realidade da vida.

Quando Deus Nosso Sinhô
foi fazê seus animá
fez o burro e lhe falou:
— Tua sentença eu vou dá.
35   Tu tem[1] que sê escravizado
levando os costá[2] pesado
conforme o teu dono queira.
E sujeito a toda hora
aos fino dente da espora,
40   mais a brida e a cortadeira.

Tu tem que a vida passá
com esta dura sentença.
E por isso eu vou te dá
uma pequena existência,
45   já que em tuas carnes tora[3]
brida, cortadeira, espora,
e é digno de piedade
e cruel teu padecê.
Para tanto não sofrê
50   te dou trinta ano de idade.

O burro ergueu as orelha
e ficou a lamentá: →

---

1 Pela norma culta, diríamos: *tu tens*.
2 *costá*: costados, costas, dorso.
3 *torar*: cortar, partir em pedaços.

— Meu Deus, ô sentença feia
esta que o Senhor me dá.
55 Levando os costá pesado,
e de espora cutucado,
trinta ano quem aguenta?
E mais outras coisa lôca,
a brida na minha boca
60 e a cortadeira na venta?

Vivê trinta ano de idade
desse jeito é um castigo.
E é grande a perversidade
que o meu dono faz comigo.
65 E além desse escangalho,
me bota mais um chocalho,
que é pra quando eu me sortá
de longe ele ouvi o tom?
Dez ano pra mim tá bom,
70 tenha dó de meu pená[4]!

A Divina Majestade
fez o que o burro queria,
dando os dez ano de idade
da forma que ele pedia
75 mode segui seu destino.
E o nosso artista divino
a quem pode se chamá
de artista, santo e perfeito,
continuou satisfeito
80 fazendo mais animá.

Fez o cachorro e ordenou:
— Tu vai trabalhá bastante, →

---

4 *penar*: sofrimento, padecimento.

do dono e superiô
será guarda vigilante.
85 Tem que a ele acompanhá,
fazendo o que ele mandá
nas arriscada aventura,
até fazendo caçada
dentro da mata fechada
90 nas trevas da noite escura.

Tu tem que sê sentinela
da morada do teu dono,
para nunca ele ficá
no perigo e no abandono.
95 Tem que sê amigo exato,
na casa e também no mato,
mesmo com dificuldade,
subindo e descendo morro;
teu nome é sempre cachorro
100 e vinte ano é a tua idade.

Quando o cachorro escutou
aquela declaração,
disse bem triste: — Sinhô,
tenha de mim compaixão!
105 Eu desgraço meu focinho
entre pedra, toco e espinho
pelo mato a farejá,
ficando sujeito até
a presa de cascavé[5]
110 e unha de tamanduá.

Vinte ano neste serviço
sei que não posso aguentá.
É grande meu sacrifício
não posso nem descansá. →

---

5 *cascavé*: cascável, cobra peçonhenta.

115 Sendo da casa o vigia,
trabaiando noite e dia
neste grande labacé[6],
tenha de mim piedade,
dos vinte eu quero a metade
120 e os dez dê a quem quisé.

O cachorro se alegrou
e ficou muito feliz
porque o Sinhô concordou
da maneira que ele quis.
125 Ficou bastante contente
e o Deus Pai Onipotente
fez o macaco em seguida.
E depois da explicação,
qual a sua obrigação,
130 lhe deu trinta ano de vida.

E lhe disse: — O teu trabalho
é sempre fazê careta,
pulando de galho em galho
com as maió pirueta.
135 Tu tem que sê buliçoso,
fazendo malicioso
careta pra todo lado,
pulando, sempre pulando
muita vez até ficando
140 pela cauda pendurado.

O macaco ouviu aflito
e ficou cheio de espanto.
Deu três pulo e deu três grito,
se coçou por todo canto. →

---

6 *labacé*: confusão.

145 E disse: — Ô que sorte preta,
pulando e a fazê careta,
trinta ano, assim eu me acabo.
Sinhô, será que eu não caio
lá da pontinha do galho
150 pendurado pelo rabo?

É bem triste a minha sina,
trinta ano de cambalhota.
Com esta cintura fina,
a minha força se esgota.
155 Ô Divina Majestade,
me desculpe esta verdade,
mas vejo que é um capricho
a idade que Deus me deu.
Tire dez anos dos meu
160 pra idade doutro bicho.

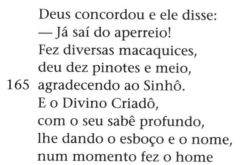

Deus concordou e ele disse:
— Já saí do aperreio!
Fez diversas macaquices,
deu dez pinotes e meio,
165 agradecendo ao Sinhô.
E o Divino Criadô,
com o seu sabê profundo,
lhe dando o esboço e o nome,
num momento fez o home
170 e ao mesmo entregou o mundo.

E lhe disse: — Esta riqueza
é para tu governá,
toda essa imensa grandeza,
o espaço, a terra, o má[7]. →

---

7 Entenda-se: *mar*.

175 Vou te dá inteligência
mode tratá de ciência,
mas com a tua noção
use do grau de iguardade[8],
não faça perversidade,
180 não persiga teu irmão.

Nunca deixe te iludi[9]
com ouro, prata e brilhante,
o que não quiser pra ti,
não dê ao teu semelhante.
185 Vivendo nesta atitude
serás dono da virtude
que é um dom da providência.
Para bem feliz vivê
e tudo isso resorvê,
190 trinta ano é a tua existência.

O home inchou de vaidade
e com egoísmo louco
gritou logo: — Majestade,
trinta ano pra mim é pouco.
195 Vinte ano o burro enjeitou,
me dá pra mim, Sinhô,
mode eu pudê[10] sê feliz.
Dez o cachorro não quis,
me dá que eu faço sessenta.
200 E ainda mais me destaco,
eu quero os dez do macaco
mode eu completá setenta.

---

8 Entenda-se: *igualdade.*
9 A norma culta exigiria aqui o verbo na 2.ª pessoa do singular e a próclise pronominal:
"Nunca te deixes iludir".
10 Entenda-se: *poder.*

O nosso Pai Soberano
atendeu o pedido seu;
205 vive o homem até trinta ano
a idade que Deus lhe deu.
De trinta até os cinquenta
a sua tarefa aumenta
vive cheio de canseira.
210 De família carregado,
levando os costá[11] pesado,
e é burro nem que não queira.

De cinquenta até sessenta
já não pode mandá brasa,
215 aqui e acolá se assenta
botando sentido à casa,
porque já força não tem,
vive neste vai e vem
do cargo que ele assumiu.
220 Se encontra liberto e forro[12],
tá na vida do cachorro
que ele mesmo a Deus pediu.

De sessenta até setenta
já com a cara enrugada,
225 constantemente frequenta
os prédio da filharada.
Fazendo graça e carinho
para a turma de netinho,
beija neto e abraça neto
230 sentado mesmo no chão
e naquela arrumação
é um macaco completo.

---

11 Ver nota 2.
12 *forro*: liberto da escravidão, alforriado.

Rico, orgulhoso, profano,
reflita no bem comum.
235 Veja os direitos humano,
a razão de cada um.
Em vez de fraternidade,
pra que tanta vaidade,
orgulhoso, enchendo o saco?
240 Este exemplo tá dizendo
que os home termina sendo
burro, cachorro e macaco.

Aposentadoria do Mané do Riachão

Seu moço, fique ciente
de tudo que eu vou contar.
Sou um pobre penitente
nasci no dia do azar;
5   por capricho eu vim ao mundo
perto de um riacho fundo
no mais feio grutião[1].
E como ali fui nascido,
fiquei sendo conhecido
10   por Mané do Riachão.

Passei a vida penando
no mais cruel padecê,
como tratô trabaiando
pro felizardo comê.
15   A minha sorte é torcida,
pra melhorá minha vida
já rezei e fiz promessa,
mas isto tudo é tolice. →

---

1 *grutião*: mesmo que grotão, segmento do curso de um rio entre montanhas próximas.

Uma cigana me disse
20 que eu nasci foi de trevessa[2].

Sofrendo grande canseira
virei bola de bilhá.
Trabalhando na carreira
daqui pra ali e pra acolá,
25 fui um eterno criado
sempre fazendo mandado,
ajudando aos home rico.
Eu andei de grau em grau,
tal e qual o pica-pau
30 caçando broca em angico[3].

Sempre entrando pelo cano
e sem podê trabalhá,
com sessenta e sete ano
procurei me aposentá.
35 Fui batê lá no escritório
depois eu fui no cartório,
porém de nada valeu.
Veja o que foi, cidadão,
que aquele tabelião
40 achou de falá pra eu[4].

Me disse aquele escrivão
franzindo o couro da testa:
— Seu Mané do Riachão,
estes seus papéis não presta[5]. →

---

2 *trevessa*: mesmo que atravessado (diz-se do feto em posição invertida).
3 *angico*: designação comum a várias árvores da família das leguminosas, subfamília da *mimosoídea*, nativa da floresta tropical.
4. Entenda-se: "para mim". O desvio em relação à norma culta está a serviço da rima (*valeu/eu*).
5 Entenda-se: "não prestam". A concordância desviante apoia a rima com *testa*.

45 Isto aqui não vale nada,
quem fez esta papelada
era um cara vagabundo.
Pra fazê seu aposento,
tem que trazê documento
50 lá do começo do mundo.

E me disse que só dava
pra fazê meu aposento
com coisa que eu só achava
no Antigo Testamento.
55 Eu que tava prazenteiro[6]
mode recebê dinheiro,
me disse aquele escrivão
que precisava dos nome
e também dos sobrenome
60 de Eva e seu marido Adão.

E além da identidade
de Eva e seu marido Adão,
nome da universidade
onde estudou Salomão.
65 Com outras coisa custosa,
bem custosa e cabulosa[7]
que neste mundo revela
a Escritura Sagrada:
quatro dente da queixada[8]
70 que Sansão brigou com ela.

Com manobra e mais manobra
pra podê me aposentá,
levá o nome da cobra →

---

6 *prazenteiro*: animado, alegre.
7 *cabuloso*: chato, aborrecido.
8 *queixada*: porco-do-mato. Diz a Bíblia que Sansão enfrentou leões. A brincadeira do autor contribui para o tom cômico do poema.

que mandou Eva pecá.
75 E além de tanto fuxico,
o registro e o currico⁹
de Nabucodonosô¹⁰,
dizê onde ele morreu,
onde foi que ele nasceu
80 e onde se batizô.

Veja moço, que novela,
veja que grande caipora¹¹
e a pió de todas ela
o sinhô vai vê agora.
85 Para que eu me aposentasse,
disse que também levasse
terra de cada cratera
dos vulcão do estrangeiro
e o nome do vaqueiro
90 que amansou a Besta Fera.

Escutei achando ruim
com a paciência fraca,
e ele oiando pra mim
com os oio de jararaca.
95 Disse: — A coisa aqui é braba
precisa que você saiba
que eu aqui sou o escrivão.
Ou essas coisa apresenta,
ou você não se aposenta,
100 Seu Mané do Riachão.

---

9 Entenda-se: *currículo*. Ao processo de supressão das sílabas finais de uma palavra dá-se o nome de *apócope*.
10 Nabucodonosor: rei da Babilônia de 604 até 562 a.C. Foi quem mandou construir os jardins suspensos da Babilônia.
11 *caipora*: azar, má sorte.

Veja, moço, o grande horrô,
sei que vou morrê depressa,
bem que a cigana falou
que eu nasci foi de trevessa.
105 Cheio de necessidade,
vou vivê da caridade.
Uma esmola, cidadão!
Lhe peço no Santo nome,
não deixe morrê de fome
o Mané do Riachão.

Patativa do Assaré (Antônio Gonçalves da Silva) nasceu em 5 de março de 1909, num sítio na Serra de Santana, município de Assaré, sul do Ceará. Órfão de pai muito cedo, frequentou escola por apenas quatro meses. Não recorria a lápis e papel para escrever; compunha todos os versos de memória. É autor, entre outros livros, de *Inspiração nordestina* (1956), *Cantos de Patativa* (1966) e *Cante lá que eu canto cá* (1978). Teve poemas traduzidos para o inglês e foi estudado na Universidade de Sorbonne, na França, pelo professor Raymond Cantel. Faleceu em 8 de julho de 2002.

A seguir, saiba um pouco mais sobre o nascimento da poesia de cordel, suas origens europeias, a chegada ao Brasil e as adaptações por que passou para aqui se aclimatar.

Corda, cordel, cordão:

aventura e poesia de mãos dadas

Origens

O cordel, conhecido também pelo nome de literatura de folhetos, é uma forma de expressão universal que nasceu na Europa após a invenção da imprensa e a partir daí se difundiu. Entre seus principais traços está o fato de ser um tipo de poesia narrativa e de caráter popular, participando de um campo muito mais amplo de manifestações: os mitos, as lendas, os contos tradicionais, as narrativas de aventura, de lutas e viagens, as canções de ninar, as parlendas e os trava-línguas, os provérbios e as adivinhações, os desafios dos cantadores. Todas essas formas de expressão, que constituem o que chamamos de literatura popular, têm em comum o fato de serem transmitidas preferencialmente de forma oral, preservando-se assim graças à memória dos indivíduos e dos grupos. A preferência pela transmissão oral decorre do fato de serem manifestações artísticas do povo, gente humilde, com pouca ou nenhuma instrução escolar.

Foi na Idade Média, por volta dos séculos XI e XII, que se desenvolveu e se disseminou por toda a Europa esse gênero de literatura popular. Ela crescia ao mesmo tempo que surgiam várias línguas nacionais, utilizadas pelo povo, em oposição ao latim, língua das elites.

Com a invenção da imprensa, por volta de 1450, parte dessa literatura popular oral que circulava na Europa começou a ser publicada em pequenos livretos, feitos de papel ordinário e vendidos a preço barato. Iniciava-se assim a literatura de folhetos.

> Em Portugal, esses livretos ganharam várias denominações curiosas como folhetos, folhas volantes, literatura de cegos e finalmente *cordel*. Às vezes, o poeta imprimia uma obra pequena, de poucas páginas, ou até um só poema curto, e então o fazia em folhas soltas, daí o nome folhas volantes. Durante algum tempo vigorou uma lei determinando que só os cegos podiam vender esses livretos nas feiras e praças públicas; a medida foi resultado de uma reivindicação feita pela Irmandade do Menino Jesus dos Cegos de Lisboa, e por isso passou a ser denominada *literatura de cegos*. Por fim, como os livretos eram expostos à venda pendurados em barbante ou cordão, palavra que em língua provençal é cordel, adotou-se essa denominação, que acabou se generalizando tanto em Portugal como no Brasil.
>
>
> Versos no varal em feira paraibana.

Trovadores, jograis e menestréis

Nesses primeiros séculos, a literatura popular foi obra de diversos tipos de artistas, entre os quais destacamos os trovadores, os jograis e os menestréis. Eram cantores ou poetas andarilhos que viajavam de corte em corte, de cidade em cidade, divertindo o povo, os nobres e os reis com sua arte, que combinava poesia, música, mímica e drama, e era, ao mesmo tempo, divertimento e informação.

No mundo fechado do feudalismo, as pessoas viviam presas à terra: sair do feudo só mesmo em casos de guerra ou de peregrinação aos lugares santos. Como não existiam os meios de comunicação de que hoje dispomos, esses poetas representavam, para muitos, a única oportunidade de contato com o mundo externo e de novos conhecimentos. Por isso, eram muito apreciados e recebidos com alegria.

Quem vem de longe, viaja muito e conhece terras distantes tem sempre o que contar. É recebido com expectativa e curiosidade porque traz novidades que divertem e maravilham, quebrando a monotonia do cotidiano. Assim, os trovadores, jograis e menestréis desempenhavam o papel de animadores, agentes culturais e narradores. Com sua excepcional memória, perpetuavam histórias das mais variadas tradições, criando uma rede de comunicação entre as mais diferentes culturas da Europa. Além de tudo, eram uma espécie de repórteres, pois levavam informação de um lugar para outro, davam notícias aos camponeses e senhores, que viviam isolados, sobre o que ocorria pelo mundo afora.

Jograis executando as "Cantigas de Santa Maria", de Afonso X, o Sábio, século XIII.

Influência moura

Além desses elementos de origem europeia (e ligados à civilização cristã), a cultura popular de Espanha e Portugal recebeu ainda grande influência dos árabes, que durante oito séculos dominaram a península ibérica.

Entre os seguidores do Islã existiam também poetas cantores, os "medajs", que se apresentavam em praça pública, cantando velhos contos de origem asiática (persas ou hindus) ou ainda celebrando a memória e divulgando os feitos heroicos de seus guerreiros. Nesses cantos, os "medajs" se faziam invariavelmente acompanhar de instrumentos musicais como adufes, castanholas, alaúdes e rabecas.

Essas duas tradições de artistas populares – de um lado trovadores, jograis e menestréis e, de outro, os "medajs" mulçumanos – fundiram-se na tradição da cultura portuguesa e podem ser considerados os ancestrais de uma arte popular, hoje perpetuada por nossos violeiros repentistas e poetas populares.

> Os cantadores brasileiros, assim como os portugueses, conservaram dos "medajs" tanto o modo de apresentar-se quanto a própria fidelidade a alguns instrumentos como a rabeca ou o pandeiro, o qual evoluiu a partir dos adufes e até hoje é usado por cantadores e emboladores nordestinos.

Apresentação com adufes no I Encontro de Tocadores, maio de 2002, Nisa, Portugal.

O cordel no Brasil

O cordel é, portanto, a transposição para a forma escrita de poemas, canções, aventuras e epopeias recitadas, lidas em voz alta ou cantadas por poetas ou violeiros, em praça pública, sempre postados no meio de um grande círculo de ouvintes que acompanham suas apresentações com enorme atenção e interesse.

Os primeiros folhetos de cordel chegaram ao Brasil trazidos na bagagem dos colonizadores portugueses em fins do século XVI ou, no máximo, no século XVII; bem no início da nossa colonização. Junto com essa literatura popular impressa importada, vieram também artistas e poetas que desenvolveram aqui uma literatura oral, nos moldes daquela que se praticava na terra de Camões.

Curiosamente, só três séculos depois da chegada desses livretos importados e do aparecimento dos nossos próprios artistas populares, lá pelo fim do século XIX, é que surgiram os primeiros folhetos de autoria de poetas brasileiros, na Região Nordeste do país. O paraibano Leandro Gomes de Barros é considerado pelos pesquisadores como o primeiro autor popular a imprimir e vender histórias em versos na forma de folhetos, o que ocorreu por volta de 1890.

> Entre os vários motivos que retardaram o surgimento de um cordel cem por cento nacional, estava a proibição de tipografias no Brasil (livros só podiam ser impressos na metrópole). Com a vinda da família real, em 1808, a necessidade de se criar uma imprensa no país levou o rei D. João a suspender a velha e absurda proibição.

Prensa de xilogravura de cordel.

No Nordeste brasileiro, o cordel parece ter encontrado um ambiente cultural dos mais propícios ao seu desenvolvimento: costumes e cultura típicos de um mundo rural com o predomínio absoluto das formas orais de comunicação. O isolamento espacial dos agricultores, com as longas distâncias entre as fazendas, levou à valorização das feiras livres e dos momentos de encontro da comunidade nas festas tradicionais, em especial as de caráter religioso. Nessas ocasiões, poetas e cantadores se destacavam, não só por desempenhar funções semelhantes àquelas que vimos atribuídas aos jograis e trovadores, mas também porque o próprio espetáculo de suas apresentações já constituía motivo poderoso para as reuniões sociais. Eles não reinavam absolutos apenas nos dias de feira; eram convidados especiais dos fazendeiros nas festas de batizados e casamento, nas vaquejadas e nas festas de apartação do gado, para citarmos apenas alguns exemplos.

De Portugal para o Brasil, o cordel sofreu várias transformações. A primeira delas prende-se ao fato de que no Brasil nunca existiram, como houve em Portugal, os cordéis escritos em prosa; toda a nossa produção de folhetos sempre foi exclusivamente em versos. Tal diferença talvez possa ser explicada pela composição da sociedade sertaneja daquele período, constituída em sua maioria por homens iletrados, que não podiam se apoiar no texto escrito e que, portanto, dependiam da própria memória para reter as histórias.

Ora, a poesia é um tipo de linguagem carregada de elementos que favorecem a memorização: as rimas, o ritmo, as repetições, a musicalidade, todos esses traços que marcam a poesia e ajudam o ouvinte a decorar o texto. Assim, nosso cordel, produzido e consumido por sertanejos de poucas letras, especializou-se em poesia, e mais especificamente na sua forma narrativa. O cordel em prosa, que existiu em Portugal, contando vidas de santos, compondo almanaques e peças de teatro, entre nós nunca se desenvolveu.

Progresso e adaptações

Entre os nossos primeiros cordelistas, estavam alguns poetas cantadores e violeiros da cidade de Teixeira, na Paraíba, que foram responsáveis pela incorporação à poesia do cordel de formas poéticas típicas dos desafios de viola. As estrofes de seis, sete e dez versos, respectivamente sextilha, septilha e décima (ou martelo), com esquemas de rima diferenciados, passaram a ser as formas poéticas próprias da nossa poesia popular em verso, em substituição à trova portuguesa.

À medida que o progresso foi chegando a todos os rincões do país e alterando aquelas condições que descrevemos anteriormente, o cordel foi mudando, acompanhando os migrantes nordestinos em sua diáspora pelo país afora e desenhando um novo mapa da poesia popular. Hoje já se pode falar na existência de um cordel urbano, produzido por poetas que moram nas capitais e até muito especialmente no Rio de Janeiro e em São Paulo, duas megalópoles que concentram o maior contingente de migrantes nordestinos do País.

Em muitos países sul-americanos – nossos vizinhos de língua espanhola, como México, Nicarágua, Venezuela, Colômbia, Chile e Argentina –, há manifestações poéticas semelhantes com o nome de "corrido": são poemas impressos, geralmente cantados, obedecendo certa melodia.

Festival de *Corrido* no México, país em que o gênero se desenvolveu a partir dos anos 1930, impulsionado pelas transmissões radiofônicas.

Com relação aos temas, nossa literatura de folhetos soube adaptá-los com muita criatividade ao contexto brasileiro, ora recriando histórias tradicionais, ora falando de novos assuntos e personagens que melhor exprimiam a sociedade local. Muitas intrigas de amor e aventura foram decalcadas das histórias medievais (com suas damas e cavaleiros, príncipes e princesas), mas nossos poetas substituíram as paisagens e personagens europeias por cenários e tipos brasileiros. Os nobres poderosos das narrativas europeias foram traduzidos aqui na figura do patrão ou do rico fazendeiro, cuja filha se equiparava à cobiçada princesa. E, no lugar do valente cavaleiro, entrou o vaqueiro destemido, viril e corajoso, lutando pelo amor da inacessível donzela.

Além dessas adaptações, nosso cordel criou uma imensa quantidade de histórias originais, urdidas com elementos inteiramente ficcionais, baseadas ora no nosso próprio folclore, ora na capacidade de fabulação de nossos artistas.

Também foi expressiva entre nós a produção de cordel que explorou acontecimentos e feitos relativos a grandes personagens da nossa história. Personalidades como Antonio Conselheiro, o líder de Canudos; Lampião, rei do cangaço; o padre Cícero Romão, "Padim" Ciço; o presidente Getúlio Vargas, ou, mais recentemente, Tancredo Neves, são alguns nomes que inspiraram grande quantidade de folhetos, ainda que muitas vezes protagonizando narrativas em que a verdade histórica é frequentemente transfigurada por uma boa dose de fantasia.

O cordel como espelho da história: representação da Guerra de Canudos, por José Costa Leite.

Vozes e laços

O cordel é uma forma poética rica, complexa e viva, que exprime uma mentalidade, uma visão de mundo popular. Suas narrativas são histórias criadas mais para o ouvido do que para os olhos, ou seja, sua recepção pelo público pressupõe o canto, a recitação ou a leitura em voz alta, feita por alguém situado no meio de um círculo de ouvintes que acompanham atenta e coletivamente o desenrolar das aventuras.

Em sua origem, o cordel é um pouco de drama ou espetáculo ritual que reafirma os laços da coletividade, reforça a experiência comunitária. Como num banquete, o poeta e o público partilham os desejos e sonhos na forma de aventuras e emoções. Seja apenas recitando ou dedilhando as cordas da sua viola, esses artistas tocam as cordas do coração do público, e o rito coletivo faz reviver e atualizar uma antiga tradição. Nesse instante mágico, várias gerações e diferentes culturas dão-se as mãos num imenso cordão que multiplica e fortalece os laços da vida.

Claudio Henrique Salles Andrade
Mestre em Literatura Brasileira pela USP, autor de *Patativa do Assaré: as razões da emoção. Capítulos de uma poética sertaneja* (São Paulo/Fortaleza, Nankin/UFC, 2004).

Referências bibliográficas

O estabelecimento do texto da presente edição foi feito a partir das fontes a seguir indicadas. Com relação à grafia de algumas palavras, procedeu-se a uma padronização das variantes, tendo em vista o público escolar a que a obra se destina.

Leandro Gomes de Barros

O cavalo que defecava dinheiro. 3. ed. Fortaleza, Tupynanquim Editora/Academia Brasileira de Cordel, 2003.

"Casamento e divórcio da lagartixa". In: PROENÇA, Manoel Cavalcanti. *Literatura popular em verso*. Belo Horizonte/São Paulo, Itatiaia/Ed. da Universidade de São Paulo, 1986.

João Melquíades Ferreira da Silva

"Romance do Pavão Misterioso". In: PROENÇA, Manoel Cavalcanti. *Literatura popular em verso*. Belo Horizonte/São Paulo, Itatiaia/Ed. da Universidade de São Paulo, 1986.

Patativa do Assaré (Antônio Gonçalves da Silva)

"Filho de gato é gatinho", "Vicença e Sofia ou O castigo de mamãe", "O bicho mais feroz", "O boi zebu e as formigas" e "A realidade da vida". In: *Ispinho e fulô*. 1. ed. Fortaleza, Secretaria de Turismo e Desporte/Imprensa Oficial do Ceará, 1988.

"Bertulino e Zé Tingó" e "Aposentadoria de Mané do Riachão". In: *Aqui tem coisa*. 1. ed. Fortaleza, Ed. da Universidade do Ceará (UEC)/RCV Editora e Artes Gráficas Ltda., 1994.